Larissa Molina
Vivian Limongi

A Intocável

Um amor, um pacto, uma renúncia

Copyright © 2018 by Editora Letramento
Copyright © 2018 by Larissa Molina & Vivian Limongi

Diretor Editorial | **Gustavo Abreu**
Diretor Administrativo | **Júnior Gaudereto**
Diretor Financeiro | **Cláudio Macedo**
Logística | **Vinícius Santiago**
Assistente Editorial | **Laura Brand**
Revisão | **Lorena Camilo**
Capa | **Isabella Sarkis (Barn Editorial)**
Projeto Gráfico | **Luís Otávio**
Diagramação | **Vanúcia Santos**

Todos os direitos reservados.
Não é permitida a reprodução desta obra sem
aprovação do Grupo Editorial Letramento.

Dados Internacionais de Catalogação na Publicação (CIP) de acordo com ISBD

M722i	Molina, Larissa
	A intocável : um amor, um pacto, uma renúncia / Larissa Molina, Vivian Limongi. - Belo Horizonte : Letramento, 2018. 160 p. ; 15,5cm x 22,5cm.
	ISBN: 978-85-9530-151-1
	1. Literatura brasileira. 2. Romance. I. Limongi, Vivian. Título.
2018-1624	CDD 869.89923 CDU 821.134.3(81)-31

Elaborado por Vagner Rodolfo da Silva - CRB-8/9410

Índice para catálogo sistemático:
1. Literatura brasileira : Romance 869.89923
2. Literatura brasileira : Romance 821.134.3(81)-31

Belo Horizonte - MG
Rua Magnólia, 1086
Bairro Caiçara
CEP 30770-020
Fone 31 3327-5771
contato@editoraletramento.com.br
grupoeditorialletramento.com
casadodireito.com

Grupo Editorial
LETRAMENTO

Aos meus pais, João e Josani Molina, por me mostrarem a magia do amor incondicional que renuncia a si próprio pelo bem do outro. Ao meu amado esposo, Vieira Junior, por carinhosamente me fazer protagonista de sua história e ser a minha inspiração para escrever sobre o amor verdadeiro.

LARISSA MOLINA

Aos meus pais Claudio e Vania Limongi, fonte inesgotável de amor que me faz persistir e acreditar no impossível.

VIVIAN LIMONGI

AGRADECIMENTOS

Agradecemos, primeiramente, a Deus que nos presenteou com o dom da escrita.

Aos nossos pais e familiares pelo incentivo constante.

Ao Vieira Junior pelo infinito apoio.

Ao amigo Henderson Fürst que persistentemente nos encaminhou ao mercado editorial, ao Grupo Editorial Letramento e todos os envolvidos nesse projeto.

Aos amigos queridos que torcem pelo nosso sucesso e aos leitores que valorizam nossas histórias e são a enorme engrenagem que transforma em realidade os nossos sonhos.

PRÓLOGO

Buenos Aires, julho de 2009.

Ao som de Beatles, a felicidade abraçava o jovem casal. Em meio a risos tímidos e insinuantes, uma buzina.

– Aimon! Aimon! – Ele ouviu a voz dela que gritava tentando alertá-lo.

Entrara distraído no cruzamento da avenida, com os faróis desligados na neblina. Desperto, virou bruscamente o volante, tentando desviar daquilo que seus olhos não podiam distinguir. Um estrondo. Percebeu que seu corpo estava girando no ar.

– Socorro! – Escutou-a novamente. Estava desesperada.

"Meu Deus, será que ela está machucada?", pensara. Conseguiu ver os arranhões na perna dela, as mãos trêmulas. Estava impotente, queria salvá-la. Bateu a cabeça na porta, sentiu os braços formigando. Restara o cheiro de vinho, o arrependimento, a culpa. Preferia não ter saído, a estação mais triste do ano estava apenas começando.

O inverno trazia à memória uma infância solitária em Bariloche, a responsabilidade de cuidar dos irmãos menores prevalecia sobre o desejo de montar bonecos de neve ou deitar sobre aquele asfalto gelado para formar desenhos divertidos. Não aprendera a admirar o céu cinzento que combinava tão bem com a cerração da manhã, não sentia prazer em tomar um chocolate quente embaixo de cobertores, nem, definitivamente, de usar casacos, gorros ou luvas. Era a estação perfeita para ficar em casa e não fazer nada.

– Aimon, por favor! Hoje é meu dia de folga.

– Por que você não tira o dia para ficar aqui comigo?

– Quero ficar com você, mas tenho um plano diferente para nossa tarde – Ela era encantadora, aqueles olhos esperançosos despertavam a inquietude dele.

– Se for para sair lá fora, naquele vento frio...

Foi quando ele viu a cesta de vime cuidadosamente arrumada, uma garrafa de vinho argentino, fatias de queijo, pães, frutas frescas e um prato com um bolo de banana.

– Consegui te convencer? – ela perguntou, balançando a cesta nas mãos.

– Um piquenique aqui em casa? Será maravilhoso! – esquivou-se.

Não, Dalila não conseguira convencê-lo a sair de casa, e estava perdendo a paciência com aquela discussão.

– Aimon, você precisa superar esses traumas de infância! Você está deixando de viver por causa do medo. Já percebeu como não consegue vencer o passado?

Ela tinha razão. Ele era invejável sempre que o assunto "negócios" estava em pauta, tornara-se, inclusive, o empresário mais bem-sucedido da Argentina, mas quando se tratava de coisas do coração, era incapaz de deixar lembranças dolorosas para trás. Dalila conhecia muito bem o esposo que tinha.

Ele soltou o controle remoto da TV sobre o sofá, cruzou os braços e ficou pensando nas duras palavras.

– Você vai ficar aí parado enquanto eu coloco essa cesta no carro? – Agora ela segurava todos os apetrechos que queria levar para o piquenique.

Enquanto isso, ele apenas a observava, parecia em transe, mas não acreditava que ela fosse capaz de ir sozinha, até ouvir a ameaça:

– Não quero passar o dia enfurnada aqui, estou saindo, e vou levar o Ted comigo.

O cachorro, da raça Bloodhound, com suas enormes orelhas caídas, latiu no quintal só de ouvir seu nome.

As palavras de Dalila o incomodou, cutucou. Ela estava certa, podia vencer o inverno pelo menos dessa vez.

– Dalila, espere! Espere! Você tem razão, vou colocar uma roupa mais quente, tudo bem? – Ele a viu sorrindo como a vencedora de uma batalha. – Deixe o Ted aqui, cuidando da casa, vamos aproveitar só nós dois.

O cheiro de naftalina ardia as narinas de Aimon durante o caminho para o parque Bosques de Palermo. Podia notar o vapor esbranquiçado que saía de sua boca ao conversar. O clima não era tão frio na capital como costumava ser em Bariloche, mas aquele ano estava sendo atípico. Era mais comum apreciarem o lugar durante o verão, mas parecia que não era só Dalila que gostava de aproveitar o frio. Algumas pessoas já estavam sentadas no gramado, tentando aproveitar os tímidos raios de sol; outras observavam o azulado das águas límpidas do lago que se estendia por quase todo o parque. Enquanto apreciavam o momento, Aimon e Dalila abriam o vinho embaixo de uma árvore centenária.

Ele estava orgulhoso de si mesmo. Amava tanto sua mulher que todo seu esforço era válido em troca dos sorrisos de felicidade estampados no rosto dela. Dalila era realmente capaz de fazê-lo esquecer as manias, os medos e os rancores em momentos como aquele.

A tarde passou com tantos beijos e abraços, ensaiaram um último tango, triste e trágico, como um presságio do que estava prestes a acontecer.

CAPÍTULO UM

Buenos Aires, três anos depois...

Nem toda força do mundo é capaz de destruir o que se fundou no coração. Mesmo que a chama se apague, a fuligem ainda persiste. Como Aimon poderia esquecer aqueles olhos azuis, imponentes, emoldurados por cílios tão delicados? Como deixaria para trás a lembrança do toque suave, das faíscas de paixão, do companheirismo, da única pessoa capaz de compreendê-lo sempre, daquela que lhe era como uma bússola? Dalila Hernandez tinha o dom de tocar a alma, roubar o fôlego, fazer viver.

Nunca havia passado em sua mente que, acostumar-se com a ausência dela seria ainda mais difícil do que o próprio empenho enfrentado um dia para conquistá-la. E então nada tinha mudado desde a decisão de se render ao sofrimento e, enfim, aceitar a tortura de ser incapaz de esquecer a esposa. Só se encontra um amor assim uma única vez.

Ninguém pôde tocar nas roupas deixadas no guarda-roupa, nos perfumes semicheios, nem sequer arrancar alguns minúsculos fios de cabelo que restaram agarrados nas cerdas da escova preferida. Os lençóis deveriam manter-se impecáveis, brancos e imaculados como ela sempre desejava. Os porta-retratos exibiam momentos de felicidade a dois em cada cômodo da casa. Aimon precisava sentir, de alguma forma, que ela ainda estava ali.

Vendo-se completamente infeliz, ele olhou a sua volta e reparou, por um instante, nas cortinas de musseline, esverdeadas, que tocavam o chão com singeleza. Deslizou a mão sobre os cabelos que já alcançavam a nuca e lutavam diariamente para encobrir-lhe as orelhas. Não estavam mais tão sedosos, cheios e macios como deveriam ser para um empresário como ele, que sempre estampava capas de revistas pelo sucesso de sua grife internacional, Gonzalez Vesti, a qual tradicionalmente produzia roupas masculinas e há pouco tempo se aventurava no mercado feminino também.

Alguns fios de seu cabelo já exibiam um tom acinzentado, totalmente precoces para quem acabava de completar 35 anos.

Sentado com as pernas abertas e as mãos tensas, desejou rir de si mesmo. Estava diante de uma terapeuta. Logo ele, que sempre defendeu a ideia de ninguém ser capaz de ensinar o que sentir.

– Não há caminhos para te ajudar se você não decidir abri-los primeiro, Aimon – Decifrar pensamentos era algo simples para ela que completara 22 anos de experiência como terapeuta. Pacientes como Aimon eram comuns no consultório de Elisa. Mostravam-se fortes, preferiam a poltrona ao divã, confirmavam resultados satisfatórios quando, na verdade, eram os mais negligentes.

– O que fez nesse fim de semana? – Elisa questionou. Procurava uma forma de descobrir se, ao menos uma vez, ele havia aceitado os conselhos oferecidos na última sessão.

– Recebi um convite para um churrasco entre amigos, no apartamento dos Bernard´s.

– Isso é maravilhoso! Como se sentiu entre eles novamente?

– Eu não aceitei o convite, Elisa.

– Não posso acreditar, Aimon! Era uma chance excelente de...

– Eu não quero esquecê-la! – Ele escondeu o rosto com as mãos e se esforçou ao máximo para impedir que todas as lágrimas trancafiadas se soltassem. Seria vergonhoso demais!

– Meu amigo... – Elisa comoveu-se mais uma vez diante do desespero de seu paciente, conseguia perceber, minuciosamente, todas as inquietudes que arrancavam sua força de prosseguir. Mesmo assim tornou a voz mais firme para continuar, precisava despertá-lo: – Eu não ia dizer que era uma oportunidade para esquecê-la, mas para recomeçar. Veja... você não vem até mim para apagá-la de sua vida, mas para entender que deve guardar consigo o passado maravilhoso que tiveram e recomeçar uma nova história, mantendo Dalila dentro do seu coração. Ela certamente torce por você.

Aimon tirou um lenço do bolso da camisa engomada e limpou o rosto. Respirou com calma para ser capaz de encarar tudo aquilo.

– Eu até tentei ir ao apartamento dos Bernard´s, mas ele fica justamente nas redondezas do hospital.

A Avenida Pueyrredón que corta o Hospital Aleman estava repleta de lembranças obscuras. Após o acidente, Dalila foi socorrida e encaminhada para lá. Foi exatamente ali, no luxuoso hospital que Aimon recebeu a notícia que o destruiria, tornaria sua alma pobre e vazia. A esposa não havia resistido.

Diante da enfermeira ele fraquejou. Foi a primeira vez na vida que as lágrimas cortaram impetuosamente sua face perto de alguém. Em desespero, ajoelhou-se diante da mulher que, trajada de branco, parecia poder socorrê-lo. Dalila não podia sair de sua vida tão de repente! A partir daquele dia, a voz da moça, anunciando a tragédia, ecoava em sua mente todas as noites, como um fantasma perturbador.

Agarrou para si toda a culpa pela morte da amada. Nunca pôde entender o porquê de ele ter sobrevivido. Pequenos arranhões e um pouco de dor no corpo foram os únicos sintomas causados pelo acidente, no entanto, a esposa que tanto amava estava morta! Encarava como castigo todo o sofrimento. Era justo. Entendeu completamente a inimizade da família de Dalila, nunca buscou o perdão, nunca tentou explicar o ocorrido, deixou que assumissem a interpretação que quisessem.

A porta do hospital ficou repleta de jornalistas, ávidos por informações e entrevistas. A esposa do empresário da grife Gonzalez Vesti estava morta, ele mesmo havia conquistado a posição de viúvo. Alguns jornais afirmavam a embriaguez do motorista, outros exerciam uma investigação digna e comprovavam a inocência de Aimon. Tantos flashes, tantas luzes das filmadoras e microfones esfolando a face, carimbaram a infelicidade e o desalento do empresário mais bem-sucedido da Argentina.

Em meio ao tumulto, ele ouvia alguns repórteres questionarem sobre a morte de uma criança. Aquilo espatifou o único pedaço de paz que havia restado. Lembrou-se que o falecimento da mulher não seria a única tragédia a vencer, pois, ao tentar desviar do carro que vinha em sua direção no cruzamento da avenida, ele atingiu um garoto. Matou-o no mesmo instante.

Por sorte e também por ser um homem influente, os tribunais se convenceram da inocência de Aimon. Entretanto, isso não aliviou o seu dever de depositar 5 mil pesos argentinos à família da criança todos os meses, nem subtraiu sua dor. Julgava-se criminoso.

– Aimon! Aimon! Está me ouvindo? – Era comum ver seu paciente perder-se em pensamentos, lembrar-se do passado e fechar a expressão como se criasse uma cúpula para se proteger. – Acho que já conversamos o bastante por hoje. Sente-se cansado?

– Um pouco... – ele resmungou. A vontade era de sair gritando pelas ruas vazias e mal iluminadas.

– Tudo bem. Antes de te deixar ir, vou passar uma nova "lição de casa". Quero que tente tirar as fotos dos porta-retratos para guardá-las em algum álbum. Permita-se vê-las apenas quando realmente sentir saudades. Se preferir, deixe apenas um retrato no cômodo favorito. – Elisa se levantou da cadeira, caminhou alguns passos curtos e ajoelhou-se diante dele; tinha um carinho imenso por seus pacientes. Colocou as mãos sobre as de Aimon e murmurou algumas palavras: – Acredite, meu amigo, será bem melhor para você.

Ele sentiu o ar encher os pulmões com força, obrigando-o a dar um longo suspiro. Deus sabe como ele desejava ter forças para esconder todas as fotos que estavam espalhadas pela casa. Dessa vez, decidiu, seria a primeira coisa que faria quando colocasse os pés em sua sala de estar.

– Obrigado, Elisa, mais uma vez. Tenha uma ótima noite! – Ele se levantou devagar da poltrona e sentiu-se um pouco mais leve do que quando chegara. Era um alívio poder se abrir para alguém.

Aproximou-se da porta e pegou seu casaco marrom, de couro – que, por sinal, não era o último lançamento da grife Gonzalez Vesti, fato que poderia incomodar seus acionistas, mas não se importava nem um pouco com isso. Aquele tinha sido o último modelo desenhado por Dalila, a melhor estilista que ele teve em seu quadro de funcionários. Bem por isso, vestir aquele casaco era ser abraçado por ela.

O ar gélido balançou seus cabelos assim que puxou a maçaneta e se encontrou com a noite agitada de Buenos Aires. Ele vasculhou o bolso de sua calça de linho e caçou um molho de chaves. Uma delas abriria o Lamborghini alaranjado que estava a sua espera do outro lado da rua, estacionado impecavelmente a poucos centímetros do meio fio. De longe, acionou o alarme e destravou-o.

– É a única coisa pela qual devo agradecer... – O pensamento soou alto, sem que ele mesmo percebesse. Dava graças por se sentir seguro diante do volante de um veículo, mesmo depois de tantas tragédias.

O abrir da porta do carro trouxe um cheiro de canela às narinas, tinha o cuidado de manter sachês dentro de seus automóveis. Sentou-se sobre o estofado macio e ligou o rádio na estação de sempre. Nada de músicas, apenas noticiário 24 horas. Não se dava conta de como aquilo tornava seus dias mais apáticos, sem uma única nota musical que agitasse os hormônios.

Pela primeira vez pararia em um pub para exagerar no uísque e mergulhar nas cartas de baralho.

༄

Ela desceu do táxi. Ainda que caminhasse com delicadeza era impossível cancelar o som oco do tocar da sola do sapato nas calçadas estreitas de Buenos Aires. Estilista, era conhecida como "modelo da capa" na empresa que trabalhava, porque deslizava como se estivesse em uma passarela ao usar salto agulha, sempre com as roupas da moda ou as que ela mesma assinava. Os cabelos louros e lisos, a maquiagem impecável, o corpo esculpido pela prática do hipismo e sua delicadeza eram invejáveis.

Refletidas em suas pupilas, as luzes amareladas do letreiro sob a sacada de madeira, indicavam o pub Casa Amarillo. Gostava daquele lugar porque era aconchegante e esnobava requinte, tinha um design britânico que conquistava a clientela da classe alta. Era um ponto excelente para conhecer novas pessoas, principalmente homens jovens, mas seguros de si, e de meia idade à procura de novas aventuras. Entretanto, Alicia não estava ali por isso, aquele momento não passava de uma oportunidade para reencontrar uma velha amiga que há um ano tinha se mudado para Salta.

Dezenas de lustres pendiam do teto e deixavam o lugar à meia luz, formava um leve brilho no chão forrado por um assoalho muito bem limpo, se sentiria em um ambiente romântico se não fosse o contraste das centenas de garrafas de bebidas espalhadas atrás do balcão e alguns homens sentados em banquetas, bebendo e conversando. Questionou-se se ocuparia alguma das mesas que estavam distribuídas pelo pub ou se, então, esperaria por Rúbia em uma das poltronas exuberantes que estavam dispostas à esquerda. Elegeu o conforto do estofado.

Cruzou as pernas com delicadeza e colocou a bolsa azul marinho no colo. Puxou uma mecha de cabelo para frente dos ombros e passou a brincar com os fios dourados, enquanto reparava o que acontecia a sua volta. Quando bateu o olho na entrada do pub, não pôde acreditar no que via. Depois de tanto tempo sem vê-lo nos corredores da empresa, Aimon passava pela porta do estabelecimento. Sabia que ele tinha voltado a trabalhar há quinze dias, mas justamente quando ela se ausentou da empresa a fim de buscar inspiração para a nova coleção que precisaria desenhar.

Ele estava quase irreconhecível, Alicia concluiu. As revistas disfarçavam os três anos de angústia demarcados em seus traços, porém vê-lo em carne e osso mostrava claramente como ele havia envelhecido em tão curto tempo, apesar de nada disso ter arrancado sua beleza e seu charme. Aliás, os fios cinzentos que dançavam em meio à negridão dos cabelos que haviam sobrevivido ao estresse foram capazes de transformá-lo em um homem ainda mais sedutor.

Pensou em levantar rapidamente para cumprimentá-lo e dizer como a equipe da Gonzalez Vesti sentiu a falta dele, do vigor que dispensava a todos quando confiava piamente no sucesso de novas coleções, mas faltou-lhe coragem. Algo a segurou forte na poltrona e a fez apenas observar cada atitude daquele homem que, anos antes, julgava-o como alguém cheio de vida.

Ele escolheu se sentar na primeira banqueta que apareceu em seu campo de visão, só pensava em álcool e Dalila. O garçom se aproximou e perguntou o que desejava beber. A resposta foi rápida e exigente:

– Cerveja, para começar.

A lata foi aberta e colocada em sua frente, esnobando o suor provocado pela temperatura extremamente fria. O líquido foi posto no copo e o primeiro gole desceu suave, pareceu acalmar cada centímetro de seu paladar que clamava por sentir novos sabores. Mais que depressa, virou o copo e acabou com a bebida em um único gole.

– Garçom, mais uma.

Alicia sentiu um tremor invadi-la por inteiro, Aimon não poderia estar se entregando a um vício tão facilmente. Conhecia os princípios que ele sempre defendera, fosse dentro da empresa ou na vida pessoal, pois ele era reconhecido pela pessoa cheia de valores que era. Seria uma recaída? Não estava decidido a retomar a vida de antes e ser o empresário que sempre foi?

Mais uma lata foi deixada no balcão, dessa vez, aberta por ele mesmo. Despejou toda a bebida no copo e a ingeriu novamente em um só gole.

– Garçom, pode me arrumar um baralho? Quero jogar com todos os seus clientes hoje – A voz ainda estava firme e ele parecia manter a consciência.

Alicia percebeu que o balconista entregava um molho de cartas a ele, não entendeu ao certo o que acontecia, por isso continuou observando. Ele retirou carta por carta e espalhou sobre o balcão.

Como se um vulto movimentasse em sua frente, Aimon percebeu que as lembranças lhe tomaram a mente. Era incapaz de lutar contra aquilo todas as vezes que se sentia invadido por aquela força. A imagem de Dalila se projetou perfeitamente diante dele, estava sentada em frente à penteadeira do quarto deles, como acostumava fazer, deslizava os dedos sobre os cabelos e o encarava pelo reflexo do espelho.

– *Sentiu minha falta, Aimon? A viagem demorou mais do que esperei... mas valeu a pena, pois Paris continua linda. Precisamos voltar juntos para lá.* – *A esposa sempre se preocupava com ele quando, por motivos profissionais, tinha que sair do país.*

– *Senti muitas saudades, sim... eu... quando vi o avião te levar para longe, até deixei que as lágrim...* – *Ele parou antes de completar.*

– *Por que parou, Aimon?* – *O sorriso doce não abandonava a face por nenhum segundo.*

– *Porque homens não devem contar quando choram...*

– *Mas eu sou mulher, meu amor, e justamente por isso preciso ouvir.*

O som abafado das vozes exaltadas pelo pub voltou aos ouvidos de Aimon, e a visão de todo o ambiente também. Ele continuava olhando para as peças do baralho, como se nada tivesse tomado sua mente há poucos segundos. Acenou para o garçom mais uma vez e dessa vez pediu vinho.

– Vinho argentino, português... temos até vinho turco e...

– Qualquer um!

Estava claro que ele queria perder toda a consciência, entregar-se à embriaguez. Assim que o garçom trouxe a garrafa ele a segurou e levou até a primeira mesa que viu atrás dele, exatamente onde dois moços conversavam.

– Aceitam uma partida de pôquer?

– Com apostas em dinheiro? – perguntou um deles, pois não perderiam a chance de lucrar com o empresário.

– Em dinheiro.

Aimon puxou a cadeira e sentiu uma leve tontura, o álcool começava a viajar em seu corpo.

– Qual será o pingo? Com quantos começaremos?

– Pingo de 500 pesos argentinos. – O empresário não pensou duas vezes para decidir o valor.

As notas foram colocadas no centro da mesa, as cartas embaralhadas e distribuídas. Aimon apresentou a primeira aposta logo em seguida e virou a garrafa na boca, deixou cair na garganta quase a metade do conteúdo que desceu fervendo.

Alicia não tirava os olhos dele por nenhum minuto e se questionava a todo instante sobre o que deveria fazer para ajudá-lo. Percebia que ele estava cada vez mais fora de si. Não bastava tornar-se ébrio, queria colocar seu próprio dinheiro em jogo. Parecia querer provar que nada mais importava e nenhum limite lhe interessava.

Estava tão hipnotizada pelo o que via que a chegada de Rúbia foi um susto.

– Ei! O que você tem? – a amiga perguntou, ao mesmo tempo que acariciava os seus ombros tentando arrancar toda a tensão.

Alicia encarou a mulher a sua frente sem saber o que dizer. Focou nos cabelos ruivos, escorridos, descendo poucos centímetros além dos ombros, antes de encarar os olhos cor de mel que lhe cobravam atenção.

– Lembra-se de Aimon Gonzalez e de toda a história dele?

– Do ricaço viúvo? Impossível esquecer... – Rúbia não era nada parecida com Alicia, sua espontaneidade a deixava até deselegante por diversas vezes. Além disso, enquanto a primeira buscava por roupas de modelos soltos, sem muitas pregas, bem parecidos com a moda indiana, a segunda era apaixonada por roupas que, com delicadeza, colassem no corpo e a deixasse cada vez mais feminina. Nenhuma das duas sabia ao certo porque combinavam tanto.

– Olha ele ali. – Alicia balançou a cabeça em direção a Aimon que, naquele momento, aceitava um copo de uísque oferecido por um dos jogadores.

A estilista tinha esperança que Rúbia disfarçasse para repará-lo, mas nada disso aconteceu, a amiga apontou o dedo indicador na direção da mesa pouco antes de lançar a pergunta:

– Aquele gato? Nem em filmes hollywoodianos se encontra um homem assim! Bem melhor ao vivo do que nas revistas...

— Eu devia ter lembrado que você não é nada discreta. — Alicia girou os olhos, inconformada.

— E por que você está aqui? Vá logo atrás dele.

— Rúbia!

— Não estou entendendo você... — Ela cruzou os braços e voltou a admirar o empresário.

— Como não? Eu nunca me aproveitaria da fragilidade de Aimon para aproximar-me dele. Eu só quero tirá-lo de lá, de alguma forma. Não está sóbrio para jogar... vai perder dinheiro.

— Ué, Alicia, deixa disso! Que falta vai fazer alguns trocados a um homem milionário como ele?

— O dinheiro não vai fazer falta, mas o bom nome sim! — Alicia se levantou da poltrona como se a mesma força que havia a segurado ali até aquele momento agora lhe expulsasse atirando-a para perto do empresário.

— O que vai fazer?

— Jogar com ele.

Rúbia ficou boquiaberta sem compreender o que a amiga pretendia. Mas resolveu segui-la.

Todas as cartas pareciam iguais nas mãos de Aimon, os olhos já não distinguiam uma da outra. Ele piscou diversas vezes procurando foco. A voz pestanejava quando lançou mais uma aposta na mesa. Os valores iam aumentando, mesmo ele percebendo que já estava no prejuízo.

— Uau! Que maravilha! — murmurou um dos rapazes ao ver as notas que eram exibidas. — Isso aqui está ficando cada vez melhor.

— Concederia uma partida?

A mesa se calou para buscar o rosto nobre que exalava aquela voz tão feminina.

— Quero jogar com este homem — acrescentou Alicia, apontando para o empresário que já não compreendia mais nada a sua volta.

O rapaz, que há pouco tinha se sentido satisfeito, continuou embaralhando as cartas e se preparou para distribuí-las. Foi o tempo de jogar a primeira peça sobre a mesa para que Alicia colocasse uma das mãos sobre a dele, pressionando-a levemente contra a madeira do móvel. Ele sentiu a maciez do toque e se constrangeu.

— Não negaria um jogo a uma mulher, negaria? — Ela tentou seduzi-lo com a voz, estava disposta a tudo para tirar Aimon dali.

— Não, não! Claro que não. — O rapaz não conseguiu encarar nem mais um instante os olhos prepotentes de Alicia.

Vitoriosa, sentou-se diante do empresário que se mostrava completamente perdido, já embriagado. Não sorria, nem exibia tristeza, mantinha-se completamente neutro, inexpressivo. Era bem mais difícil decifrá-lo quando dominado pela bebida do que sóbrio. Simplesmente parecia estar em outra dimensão.

Alicia abriu a carteira e arrancou 300 pesos, jogou-os sobre a mesa e esperou que Aimon iniciasse a partida, mas ele não conseguia completar nenhuma jogada, apenas aumentava o valor das apostas cada vez mais. Em poucos minutos, 1200 pesos argentinos já eram de sua adversária, resultado de suas jogadas malfeitas.

Ela guardou todo o dinheiro dentro da bolsa e esperou ansiosa para o momento em que ele se rendesse — o que não demorou muito. Aimon declarou, em instantes, não ter mais nenhuma moeda no bolso, sequer para pagar a conta. Depois disso, soltou um primeiro sorriso, meio de canto, até sedutor se não estivesse vindo de um homem bêbado. Debruçou-se sobre a mesa e ficou ali, em silêncio.

Rúbia estava perdidamente encantada com o corpo, os olhos, a boca, o poder de Aimon. No mesmo instante, saiu do lado de Alicia e aproximou-se dele. Puxou-o para trás, forçando-o a levantar a cabeça e sussurrou nos ouvidos dele:

— Por que não dança comigo esta noite?

A mensagem pareceu ter caminhado quilômetros até alcançar a mente de Aimon, mas ele entendeu o convite que recebia. Lembrou-se do tango. Ah, o tango!

— Solte-o, Rúbia, não estou gostando disso — alertara Alicia, tentando tirar as mãos da amiga das costas do empresário.

A resposta foi uma longa gargalhada, despreocupada. Ela sempre achou um absurdo o fato de Alicia levá-la tão a sério.

— Com licença, senhor Aimon. — Alicia se levantou e passou a procurar as chaves do Lamborghini no bolso dele. — Vamos para casa!

— Ei, deixa-me divertir um pouco esta noite — continuava Rúbia, insistente.

— Ligo para você amanhã de manhã. — Ela não deixava brechas, estava decidida a protegê-lo.

Agachou-se ao lado de Aimon e encaixou um dos braços dele no ombro dela. Ele a encarou ao perceber que ela tentava ajudá-lo; estava completamente vulnerável. Alicia entregou um sorriso tímido.

— Vamos para o seu carro — explicou, mesmo sabendo que ele entendia quase nada.

Quando se levantou e sentiu o peso que aqueles braços exerciam sobre o ombro dela, quase pensou em desistir.

— E a conta, Alicia?

— Pague você mesma, Rúbia!

— Era só o que me faltava!

— Acerto com você depois.

Cada passo levando Aimon parecia eterno.

— Por que está fazendo isso, senhor? — cochichou, sem ganhar nem ao menos um suspiro como resposta.

Com os pés rastejando, a boca calada e as pálpebras quase se fechando, Aimon continuava inexpressivo. Fazia Alicia se perguntar se tudo aquilo era realmente embriaguez ou uma entrega ao que era mais forte que ele: a agonia.

Apertando o alarme, por sorte encontrou o Lamborghini estacionado logo em frente ao pub. Abriu a porta e colocou o empresário no banco do passageiro, com cuidado. Reparou-o com atenção e sentiu a própria alma se comover e derreter em compaixão. Viu-se completamente tentada a beijar-lhe o rosto e sentir o toque rude da barba por fazer. E porque sabia que ele não lembraria, o fez.

Levaria Aimon para a casa dele, o acomodaria na cama e deixaria, como vestígio, um único bilhete, preso por um ímã na geladeira. As letras perfeitamente arredondadas deixariam quase um convite:

Se quiser agradecer seu anjo da guarda, ligue 4822-6002.

CAPÍTULO DOIS

Alicia acordou inquieta. Tinha dormido apenas duas horas depois de toda agitação da madrugada. Isso não era nada bom, justamente hoje que retornaria para a Gonzalez Vesti com todas as ideias para a nova coleção.

Tinha estado tão exausta até então que nem refletira sobre a noite anterior. Quando chegou tarde da noite só conseguiu tomar um banho quente e rápido antes de ir para a cama.

O cansaço estava explícito enquanto ela reparava o vestido azul marinho de veludo que estava à sua espera no closet, o casaco preto que acompanharia o *scarpin* de verniz e o comprido colar de argolas que não deixaria o visual sóbrio demais. Certificou-se de estar esplendidamente vestida para a sua apresentação, afinal, uma estilista deve mostrar em cada detalhe o talento que tem.

O café da manhã, como sempre, estava tentador a sua espera. Pão integral e queijo branco, torradas e geleia de morango, mamão e mel, leite e café, chá e suco. Impecável. Era assim todas as manhãs. Carmen preparava a primeira refeição de Alicia com todo o primor.

– Não sei o que seria da minha vida sem você! – a estilista suspirou para a mulher que sorria para ela enquanto enxugava algumas louças.

Com os cabelos lisos escuros na altura dos ombros, e os olhos levemente repuxados que denunciavam sua genética mestiça, Carmen exibia um corpo magro e jovial, sem mostrar a idade que tinha – 56 anos, quase todos muito bem vividos ao lado de Alicia, de forma que conhecia aquela moça melhor do que ninguém. Era como uma mãe, na verdade. Tinha sido sua babá quando criança e, agora, empregada doméstica desde que Alicia deixara a casa dos pais, aos 18 anos. Foi ela quem ouviu as primeiras palavras da menina, segurou em suas mãos enquanto dava os primeiros passos, amarrou a linha no dente de leite para arrancá-lo, assoprou os ralados no joelho quando caía de bicicleta.

– Gosto de cuidar de você, menina! – A voz atenciosa não deixava dúvidas de que, para Carmen, Alicia ainda era um bebê.

– Quais são as notícias de hoje? – a estilista questionou, apenas folheando o jornal. – Bom... acho que vou deixar para ler quando chegar, parece que estou atrasada – comentou enquanto olhava o relógio, já se levantando da mesa.

Depressa, escovou os dentes, olhou-se pela última vez no espelho, arrumou as pastas que levaria para a reunião e, depois de conferir se havia algo novo na tela, guardou o celular na bolsa.

Sentiu-se aliviada quando chegou à empresa, seu chefe estava mais atrasado do que ela. Pediu, então, ajuda à secretária para organizar o que apresentaria na reunião. Sentia-se mais nervosa do que de costume, e com medo de enfrentar qualquer repulsa inoportuna de seu superior.

– Senhorita Alicia, o senhor Aimon já chegou. Todos estão esperando na sala de reunião.

– Como assim? Não estou entendendo... – ela se assustou diante da secretária. – O senhor Aimon passará a participar das nossas reuniões de fechamento de coleção?

– Desculpe-me por não te avisar antes, mas a volta dele mudou algumas coisas por aqui...

Alicia temeu. E se ele percebesse que, na noite anterior, foi justamente ela quem o levou para casa? E se ele se sentisse envergonhado com isso e a quisesse longe da empresa? Estava na hora de mostrar sua obra-prima, conquistar os olhos daqueles que mais entendiam de moda, de provar que era capaz de inovar e surpreender, não de ser repudiada pelo proprietário da empresa. Foi aprendiz da melhor estilista da Argentina; a mulher de Aimon era um talento excepcional, alcançou fama até mesmo no exterior e deixou Alicia como sua sucessora. Não tinha escolhas, precisaria agir da forma mais natural possível.

– Bom dia! – disse ela, amável, entrando na sala de reunião. Tinha um sorriso perturbador, uma mistura de jovialidade com a mulher decidida que era. – Agradeço a todos pela presença. Podemos começar?

Todos se aquiesceram para ouvi-la.

– Aqui estão os *croquis* da nova coleção primavera-verão – continuou, centrada. – Hoje à tarde, caso achem necessário para melhor avaliação, posso encaminhar cópias para vocês – ofereceu, já entregando os *croquis* enquanto observava a reação dos presentes. – Minha coleção foi inspirada na natureza, as cores claras são pano de fundo para as estampas nas cores quentes, para combinar com a vida desta estação.

Nenhuma reação até agora, Alicia estava tensa. Bebeu um gole de água com gás, antes de prosseguir:

– Os vestidos seguem a tendência dos anos 30, com estampas geométricas, mas fiz uma brincadeira ao transformar as formas exatas em manchas e pinceladas. Os shorts acompanham a modernidade ao trazer luxo com o metalizado, as saias com grafismos são de cintura alta, bem marcada com cintos finos em tons cítricos, já as calças de alfaiataria fazem um dueto com camisas de cetim, transparentes e com renda.

– Alicia, e o glamour dos vestidos de festa, você manteve? – Lucy, consultora de imagem e publicitária, era mestre em descobrir a preferência das clientes e o que elas sentiam falta nas vitrines.

A estilista abriu sua pasta e encontrou dois *croquis*, sua salvação.

– Lucy, os vestidos para noite estão ousados – argumentou entregando os desenhos de moda –, com corte enviesado, decotes e detalhes nas costas, ainda inspiração dos anos 30. As luvas também serão bem-vindas. Vire os *croquis*, e entenderá o que estou dizendo.

– Sua coleção está surpreendente! Acho que será um sucesso – comentou Perez, o fotógrafo de moda.

Aimon permanecia calado, com as mãos na testa, os olhos fixos nos *croquis* sobre a mesa. Nada daquilo fazia sentido para ele, não conseguia pensar se aqueles desenhos surtiriam efeito nas modelagens ou se as clientes comprariam. Estava sem cabeça, aliás, estava com dor de cabeça. Queria sair e tomar um café forte. A verdade batia em seu rosto com crueldade, não era mais capaz de ser líder. Um líder faz escolhas, dá o exemplo, decide, opina, é informado, participativo, mas hoje, Aimon sentia-se como um ninguém.

– Desculpem-me, estou com muita dor de cabeça. Alicia, você poderia deixar as cópias dos *croquis* na minha mesa? Gostaria de apreciá-los com calma. Lucy, pode preparar um relatório sobre o perfil de nossas clientes para amanhã? Podemos marcar uma reunião para daqui três dias, e eu direi minha opinião. Bete, Perez, Ramon e Tereza, quero ideias para o lançamento da coleção, propagandas para revistas e televisão, desfiles, e toda a divulgação. – Aquelas ordens eram corriqueiras, ele apenas buscou na memória o que costumava pedir em seus bons tempos como chefe.

Estava reconquistando a confiança aos poucos, precisava de sua equipe mais do que nunca para entender as transformações da empresa durante o tempo em que ficou distante. Trabalhar em casa era o mesmo que dormir em sala de aula. Percebia a lentidão e o medo ao tomar decisões, arriscar não era mais seu perfil.

Três dias! Três dias de agonia! Alicia sentia-se frustrada enquanto guardava seus *croquis* na pasta, tinha certeza que sua coleção era a melhor já produzida! Foram meses de dedicação, para o silêncio de Aimon. Com certeza, a noite anterior foi a pior escolha da sua vida, ele estava planejando demiti-la pela audácia, mas estava inseguro em agir de imediato.

– Alicia? – Era a voz de Aimon. As pernas dela amoleceram. Estacou em frente à porta, pois já estava de saída. – Pode se sentar aqui um minuto?

Era agora. Alicia seria despedida e Aimon faria uma proposta para comprar seus *croquis*. Ela estava decidida a não vender de forma alguma.

– Desculpe-me, sim? – disse Aimon, sem jeito. – Ainda está difícil para mim, com tantas decisões, problemas e reuniões. Preciso apenas estudar os *croquis* com profundidade.

Ele sempre encantava Alicia, um homem poderoso financeiramente, influente, porém sem arrogância. Por que ele a despediria por tentar ajudá-lo?

– Senhor Aimon, eu devo desculpas. Meu olhar não engana, não é? Sou imediatista, orgulhosa, gosto de ser reconhecida pelo meu trabalho. Poderia ser mais discreta também.

Ele sorriu, concordando.

– No começo de minha carreira eu agia dessa forma, temos que ser reconhecidos quando merecemos, porém, não exatamente na hora que queremos.

Palavras sábias, ela refletiu; envergonhou-se da inexperiência e do julgamento prévio que fizera da atitude dele.

– Senhor Aimon, obrigada – disse, levantando-se e apertando a mão do homem a sua frente. – Sempre será meu espelho. – E saiu em direção a sua sala.

Ela não tinha certeza do porquê do silêncio de Aimon sobre a noite anterior. Esquecimento, talvez? Ou timidez? Raiva por ela ter presenciado sua fraqueza? Mas ele poderia tê-la despedido.

Já Aimon sentia sua cabeça latejar enquanto almoçava um delicioso pão com hambúrguer, batatas fritas e refrigerante. Engoliu um analgésico, e bebericou um café expresso. A imagem do bilhete agora estava clara em sua mente, precisava ligar e agradecer não sabia exatamente o quê. Ele se recordava com dificuldade e sem detalhes, de ter decidido visitar um bar, sentar-se no balcão e beber várias latas de cerveja, misturando com vinho e uísque mais tarde. Recordava-se também, com um pouco de dificuldade, um convite para dançar e, desse ponto em diante não se lembrava de mais nada, apenas da ducha fria caindo em sua cabeça antes de dormir. Esperava, com toda a força do mundo, que não tivesse dirigido, atropelado alguém, ou que tivesse se metido em brigas. Apenas sabia que algo estava errado, e que um anjo o salvou. Tinha que voltar para casa e ligar. Retornou à empresa para pegar a pasta, os *croquis* e a chave do carro.

A ansiedade o consumia enquanto discava os números afixados na geladeira de sua cozinha. "O número discado encontra-se indisponível no momento", dizia a voz eletrônica do outro lado da linha. Incrédulo, Aimon resmungou alguns palavrões, teria que ocupar a mente com outros problemas.

Sentou na escrivaninha do escritório e observou os *croquis*. Permitiu-se lembrar dos desenhos de Dalila, dos traços firmes, da genialidade em combinar os tecidos, das mãos ágeis... Quanta saudade! Os olhos de Aimon encheram-se de lágrimas contidas há meses, molharam e mancharam os papéis à sua frente. Nervoso com sua recaída, ele afastou bruscamente os papéis, que se espalharam no cômodo solitário. Não conseguia lidar com a perda. Nada mais fazia sentido! De que adiantava livrar-se de fotografias se a memória não o deixava em paz?

A reação foi rápida. Lançou na parede um dos porta-retratos com a foto dela, enquanto abraçava a pelagem marrom e preta de Ted. Ouviu o latido do cão depois que o vidro de outro retrato se espatifou no chão.

– É Ted, somos eu e você, entendeu?

Impulsivo, precisando de ajuda para amenizar a dor, tentou ligar mais uma vez para seu anjo da guarda.

– Alô? – disse uma voz feminina.

Aimon ficou surpreso, não havia ensaiado seu discurso.

– Alô? – repetiu a voz, devido ao longo silêncio.

– É... Oi! Aqui é o Aimon... A senhora esteve em minha casa ontem?

– Sim, fui eu quem deixou um bilhete na geladeira.

– Graças a Deus! – exclamou Aimon, e lágrimas começaram a correr.

– Senhor Aimon, está tudo bem?

Silêncio.

– Senhor? Está na linha? – ela insistia.

– Sim, me desculpe, estou tão envergonhado. Não me lembro do que aconteceu. Gostaria de recompensá-la de alguma forma.

– Recompense deixando ajudá-lo. Podemos nos ver daqui a 30 minutos?

Aquela mulher era direta demais, mas estava conseguindo entrar na vida dele.

– Espero a senhora em minha casa, então. Até mais.

– Até mais.

Surpresa com a ligação, Alicia desligou o noticiário televisivo e se arrumou rapidamente. Notou certa angústia na voz de Aimon, a qual sobrepujara sua timidez. Sentiu o coração apertado, pois ajudá-lo seria um caminho sem volta, sem fim. Mas, a partir do momento que entrara naquele bar, sabia que sua vida tinha mudado, era a chance de deixar o coração falar mais alto.

Aimon tomou um banho depressa, trocou o terno por calça jeans, tênis e uma camisa vermelha. Ele queria parecer casual e acima de tudo, uma pessoa normal. Quando ouviu a badalada do relógio da sala de jantar, apressou-se em pegar uma vassoura e organizar a bagunça. A campainha tocou.

– Olá, senhor Aimon! – cumprimentou ela.

Palidez, susto, confusão. Os olhos negros arregalaram-se.

– Senhorita Alicia, o que faz aqui? – Ele não compreendera.

– O senhor estava aguardando outra pessoa? – Astuta, ela queria ir fundo na inocência daquele homem.

– Sim... mas fique à vontade... – Acenou para que entrasse. – O que devo a honra de sua visita?

Agarrando fortemente a carteira que segurava, Alicia afirmou:

– Senhor Aimon, foi para mim que ligou há pouco – compreendendo a confusão, ela continuou. – Eu trouxe o senhor para casa ontem à noite.

Ele se sentou no sofá, aturdido, mas isso não perturbava o deslumbre de Alicia. O empresário era um homem atraente. Ela nunca tivera a oportunidade de vê-lo em trajes comuns, e ele estava até mais elegante, esbelto. O cheiro de banho tomado despertou os sentidos dela. Respirou fundo na tentativa de manter a calma.

– Senhorita Alicia, por onde devemos começar? Só me lembro de ter entrado no bar e misturado algumas bebidas. Não me diga que causei outros transtornos...

— Pode me chamar de Alicia — disse ela, sentando-se no sofá diante de Aimon. — Não, o senhor só causou problemas para si mesmo, o que já significa muita coisa.

Misteriosa, observou ele. O ar de superioridade estava reforçado na maquiagem marcante dos olhos castanhos, a saia na altura dos joelhos deixava à mostra pernas torneadas, finalizadas por sandálias douradas de salto fino. Sentia-se nas mãos dela, porque sabia demais, temia um novo escândalo.

— Você então percebeu que eu me esqueci de tudo, não é? Espero que não use as informações contra mim.

As duras palavras atingiram em cheio as intenções de Alicia, por um momento lembrou-se de que estava diante de seu chefe, poderia conseguir o mundo se o caráter a permitisse. Contudo, ela tinha berço, devia muito à esposa dele por ter aberto às portas da empresa para que ela mostrasse seu talento. Era grata à família Gonzalez e já estava na hora de retribuir a confiança.

— Senhor Aimon, está me pré-julgando, eu poderia ter sumido e feito ameaças, ter mentido, ou simplesmente me calado. O senhor ficaria com a dúvida para sempre, a não ser que as testemunhas presentes no bar fossem capazes de contar a verdade. — Alicia sentia as mãos formigarem, não percebeu que apertava demais a carteira, e que seu nervosismo aumentava a cada palavra trocada.

Ele ponderou aquelas palavras e agradeceu por ter sido Alicia quem o salvara. Sinceridade emanava dela e, além disso, era uma pessoa que ele conhecia, ao menos de vista. Achou que era o momento de um drinque, para acalmar os ânimos.

— Deve saber que me preocupo com minha imagem, mas estou seguro que tive sorte de ser você a me socorrer. — Ele sorriu, dirigindo-se ao bar, próximo à lareira. Praguejou baixinho ao pisar nos cacos de vidro, ainda espalhados no chão. — Desculpe o mau jeito, Alicia. O que você deseja beber?

— Um Martini, por favor.

Ela se questionou sobre o que havia acontecido naquela casa. Estava um caos! Além dos cacos de vidro no chão, os porta-retratos estavam deitados sobre os móveis, o cachorro parecia alvoroçado e a casa tinha um aspecto abandonado. Pela voz e forma de agir de Aimon ao telefone, realmente precisava de muita ajuda. E se ele se preocupava com a imagem, porque não pensara nisso no bar? Seria audácia dizer isso a ele?

— O senhor não pensou muito em sua imagem ontem à noite, não é? — perguntou, ironizando.

Ele afirmou com a cabeça, os olhos fixos na bebida que preparava.

— Já que vamos nos tornar amigos, posso te chamar só de Aimon? — indagou ela, tentando recomeçar a conversa.

— Claro que sim — respondeu cordialmente, entregando a bebida. — Conte-me o que andei aprontando.

— Eu estava no bar com uma amiga e avistei você, de longe, no balcão. Misturou algumas bebidas, exatamente como se lembrou. E, então, pediu um baralho, desafiando todos que estavam no bar. — Experimentou o Martini, e pousou o copo delicadamente na mesinha de centro. — Quando percebi que você estava apostando e perdendo muito dinheiro, resolvi intervir.

— Quer dizer então que, se você não estivesse lá, eu teria perdido uma quantia enorme?

— Os que estavam jogando se beneficiaram com sua embriaguez, com certeza.

Alicia se lembrou que guardara o dinheiro da aposta que fizera com ele durante o jogo, abriu sua carteira, separou o montante e estendeu-o a Aimon.

— O que é isso? — assustou-se ele.

— Joguei algumas partidas com você, e tudo que eu ganhei está aqui — disse, indicando o dinheiro, ainda estendendo sua mão.

— Eu não posso aceitar, Alicia, não posso! Depois de tudo o que você fez por mim, achou mesmo que eu ia aceitar? E a conta do bar? Quem pagou? Você, não foi? — Exaltado, Aimon sentia desprazer em conhecer os últimos acontecimentos. A cabeça voltava a latejar.

— De certa forma, sim. — Embaraçada, ela desviou o olhar do rosto de Aimon, e focou no copo com Martini. — Na verdade, tive pressa de tirar você de lá, minha amiga estava descontrolada, puxando você, insistindo para que dançasse com ela. Não queria que se arrependesse depois. — Alicia sentiu-se ainda mais constrangida com aquelas palavras, em seu íntimo havia mais desconfiança do que o ciúme que se apossara dela.

— Nossa! — Ele passou as mãos no cabelo grisalho, um gesto comum quando ele estava perdido nas emoções. — Você é real? Você existe?

Ela apenas sorriu, o que mais poderia dizer? Elogios exaltam o ego e, por isso mesmo, ela permaneceu calada.

– Estou devendo lá no bar, então? – continuou indagando, preocupado.

– Não, pedi que Rúbia, minha amiga, acertasse a conta, e depois eu lhe daria o dinheiro.

– Vergonhoso demais para um Gonzalez... – refletiu em voz alta. – Não quero minha honra ainda mais manchada. Fique com o dinheiro do jogo – pediu. – E o que mais eu devo saber?

– Eu trouxe você até aqui, coloquei sua cabeça no chuveiro, enxuguei com uma toalha que estava atrás da porta do banheiro, e coloquei você na cama. Não me olhe assim! – pediu ela, brincando. O olhar dele era de censura. – Não vi nada, não fiz nada, e não tirei sua roupa.

Aimon começou a rir do jeito dela, as bochechas ruborizadas, a decência em afirmar todos os detalhes. Fazia um tempo que não conseguia sorrir até mesmo de uma piada.

– Quando acordei eu ainda estava de roupa. E com muita dor de cabeça. Fiquei imaginando a confusão a qual tinha me metido.

– Aimon, vamos combinar uma coisa? Quero que me prometa que não vai afogar os problemas na bebida. Existem outros meios de solucioná-los, e eu posso te ajudar.

– Você já fez muito e eu preciso te recompensar.

– Recompense fazendo a promessa, me deixando ajudá-lo. Você não entendeu, não é? Não vai conseguir nada tentando me comprar! – Alicia estava começando a se irritar. Levantou-se e foi em direção à saída.

– Não vá! Por favor! – pediu ele, a voz branda, porém o corpo trêmulo.

Com a mão ainda segurando a fechadura, ela o encarou.

– Dê-me bons motivos para eu continuar aqui.

– Alicia, não é meu costume viver em bares bebendo.

– Engraçado, eu te vi fazendo justamente isso ontem. – Sarcasmo, ele conseguiu tirá-la do sério.

– Infeliz ideia a minha, prometo que até me manterei afastado desses lugares. Mas Alicia, eu ainda não estou recuperado, tenho quedas, enfrento obstáculos todos os dias, dentre eles, minhas emoções.

– Todos nós temos problemas, Aimon, e nem por isso vivemos enchendo a cara por aí. Temos que resolvê-los, um por vez, aprendendo com as dificuldades. Não quero que se penalize pelo resto da vida porque bebeu demais em uma noite. Pense positivo, você aprendeu mais uma lição, terá uma história engraçada para contar aos amigos. Porém, se o vício fizer parte de sua rotina, talvez você não tenha mais histórias para contar e o final não seja feliz, como dessa vez.

— Você está certa — admitiu, cabisbaixo.

— Eu não quero invadir sua vida, apenas ser uma pessoa em quem você possa confiar. Pense nisso. Bom, já está tarde, preciso ir — disse, ao ouvir o som do relógio.

— Nunca esquecerei seu gesto, obrigado. Você é uma excelente companhia, nem vi a hora passar. Podemos combinar um café?

— Claro, quando quiser. Boa noite, Aimon.

— Você não quer que eu te acompanhe?

— Não precisa, eu vim de carro e... bem... acho que você ainda tem muito trabalho pela frente — comentou, referindo-se à bagunça.

— Que cabeça a minha! Nem me desculpei com você. Foram as emoções extravasadas e uma parte de terapia. Não deu tempo de limpar antes de você chegar.

— Sem problemas, você fica me devendo um convite para eu voltar, me apresentar a casa, seu cachorro e contar um pouquinho da sua vida.

— O Ted vai adorar te conhecer, ele está bem ansioso — falou sorrindo, quando ouvia as patas arranhando a porta fechada do quintal. — Fico devendo o convite.

— Obrigado, mais uma vez. — Apertou-lhe a mão.

— Disponha! Boa noite, até breve.

CAPÍTULO TRÊS

Beatriz Hernandez olhou o céu de Marrocos pela janela do avião. As nuvens estavam todas rechonchudas abaixo da aeronave, formavam uma camada grossa que se assemelhava à visão dos icebergs no Polo Sul. Ela fechou a revista que estava aberta em seu colo e encaixou-a na poltrona diante dela. Estava cansada da leitura. Decidiu reparar cada detalhe do céu a sua volta, o azul tão límpido e infinito parecia aproximá-la da irmã, Dalila Hernandez.

Sentiu saudades, mas encontrou uma forma de revê-la. Levantou-se depressa e pegou a bolsa que estava no bagageiro, fuçou-a incessantemente até pescar o minúsculo espelho que sempre carregava consigo. Imediatamente seu próprio reflexo se formou e então ela pôde rever os olhos da irmã, os lábios vermelhos e carnudos, as bochechas agora um pouco mais finas, e os olhos azuis imponentes. Lembrou-se de como se divertiam em se vestirem exatamente iguais quando crianças e como isso as importunou depois que se tornaram mulher. Irmãs gêmeas... Quantas lembranças!

Sempre foram amigas confidentes, mesmo tendo personalidade oposta. Enquanto Dalila trazia a ingenuidade e a delicadeza de menina no caráter a ponto de desistir de qualquer coisa para agradar ao outro, Beatriz sempre foi mais geniosa, decidida a enfrentar qualquer obstáculo para conseguir o almejado. Alguns costumavam dizer que eram o verso e o inverso.

Apenas um detalhe as deixava com a alma tão igual, a forma como se entregavam ao amor. Entendiam-se completamente, sempre auxiliavam uma a outra, porque sabiam como o coração de ambas se derretia e entregava-se de forma irracional ao homem que decifrasse a melhor forma de tocá-las. A diferença é que Dalila havia se enfeitiçado pelo empresário mais famoso da Argentina, um homem incrivelmente charmoso, destemido, rico e livre; enquanto que Beatriz tinha se encantado por um homem extremamente atencioso, sensível, extrovertido, mas proibido: Ramon, filho do irmão mais novo de sua mãe, sete anos mais velho que ela.

Certamente, os dois construíram uma história cheia de tropeços. Ramon, por insistência, se envolveu com uma garota. O namoro de um ano foi suficiente para obrigá-lo a marcar casamento, a presença de Beatriz era tão ardente para ele que desejou banir-se de pensar nela, fosse como fosse. A quinze dias do matrimônio, Beatriz roubou-lhe um beijo. Nunca mais se separaram depois daquilo. Decidiram enfrentar a família extremamente tradicional, com o maior argumento que tinham, o amor. Os pais não perdoaram o casal, deserdando-o. Sem escolha, se mudaram para a capital francesa, com intuito de aprimorarem seus conhecimentos, iniciando uma nova vida.

Beatriz conquistou uma bolsa de estudos na Universidade de Paris e seu parceiro tornou-se professor de História. Ela mantinha contato por cartas apenas com Dalila Hernandez, seu braço forte. Não conseguira perdoar a família que há anos esquecera-os e não fizera questão de aproximar-se de seu filho. A Argentina deveria ficar em seu passado, pois toda vez que a revisitava, mesmo que em busca de documentos, sentia uma amargura sem fim.

As lembranças foram interrompidas pela voz do piloto que reverberava pelo avião. Em instantes pousariam no aeroporto Rabat-Salé, na capital marroquina.

Ela prendeu o cinto e esperou para ter a sensação do estômago ser pressionado com o movimento de pouso da aeronave. Respirou fundo e agradeceu por estar a poucos minutos do solo, livre para colocar os pés em terra firme e se sentir segura. As nuvens se aproximaram da janela enquanto a aeronave as perfurava com bravura. As construções de Rabat surgiram em um piscar de olhos, primeiro como uma tinta cinza esfumaçada, depois ganhando forma para então exibir ruas, casas, edifícios e áreas verdes.

Beatriz pegou o lenço de seda laranja e o envolveu na cabeça. Ainda que não fosse islâmica, não desejava ser vista como estrangeira no lugar. Havia se vestido sem primor, usava uma calça jeans básica e uma blusa de seda preta, solta no corpo. Colocou a bolsa preta a tiracolo enquanto ouvia soltar o trem de pouso. Respirou fundo para sentir o atrito das rodas com o solo.

– Senhores passageiros, sejam bem-vindos a Rabat, capital de Marrocos. O tempo está nublado, marcando 28 graus Celsius. Atentem-se para as bagagens de mão e tenham todos uma ótima estada.

O anúncio da chegada feito pelo piloto da aeronave foi inspirador para Beatriz. Ela encheu o peito e teve a certeza de que cumpriria seu destino naquele país. Era determinada ao extremo. Teve o cuidado de deixar sua poltrona com o pé direito antes de seguir pelo corredor do avião. Na saída, sorriu para as comissárias de bordo que haviam lhe servido atenciosamente durante todo o trajeto. Já dentro do aeroporto, pegou o celular que estava no bolso da calça e ligou-o. Cinco segundos foram suficientes para que ele tocasse anunciando uma nova chamada.

– Graças a Deus estou ouvindo sua voz! O que aconteceu? Não consigo falar com você há dois dias! Ainda está em Buenos Aires? – A voz grave, atônita, do outro lado da linha lhe trazia calafrios.

– Ramon?

– Sim, por Deus! Por que fez isso comigo? Onde você está, meu amor?

– Peguei os documentos que precisava em Buenos Aires e já deixei a cidade. Mas, desculpe-me, Ramon, onde estou agora não importa mais. Importa o que vim fazer aqui. – Ela continuou caminhando em direção às malas que eram arrastadas pela esteira.

– Eu não estou entendendo você...

– Vim em busca de Stéfano! – O coração se apertava todas as vezes que ela pronunciava o nome dele.

– Você encontrou nosso filho, querida?

– Ainda não... mas sei que vou! Eu...

– Você está enlouquecendo, Beatriz? Em que lugar você está procurando ele? Pode ser perigoso demais. Ahh! Você está me deixando nervoso! – A voz do outro lado da linha tornou-se ainda mais grave, como um rugido cheio de reprovação. No fundo, ele sabia desde o início que a amante era destemida e que, mais cedo ou mais tarde, nada a impediria de perder-se no mundo em busca da criança. Ele tentou encontrar calma para elucidar os fatos. Suspirou brevemente antes de confessar: – Não quero te perder também...

– Ramon, este é outro assunto que precisamos conversar. – A frieza de Beatriz era apenas uma máscara, o caminho julgado mais fácil para conseguir afastá-lo por definitivo da vida dela.

– Se pensa que discutiremos sobre isso por telefone está bem enganada! – Meias palavras bastaram para que ele compreendesse o que Beatriz buscava.

– Pois terá que ser! – Ela levantou o tom de voz e se mostrou impaciente, geniosa como sempre. – Você está livre para seguir a sua vida e eu a minha! Acabou tudo. É isso.

Ele soltou uma enorme gargalhada que a fez chacoalhar-se por dentro. Não suportaria ironias.

– Descobrirei onde você está, Beatriz. – Ele foi doce e cuidadoso, como de costume. – E quando isso acontecer eu vou te abraçar com toda a força do meu amor, terei o cuidado de revirar os seus sentidos, um a um, de forma que você perceba como é incapaz de me deixar para trás. – A declaração fez com que Beatriz tremesse por inteiro, pois ela conhecia a força daquela promessa e o quanto aquilo estava repleto de verdade. – Eu a admiro demais, meu amor, conheço cada detalhe de seu caráter, por esse motivo tenho certeza que você encontrará nosso filho. Seremos uma família feliz. Como também tenho consciência de que não adiantará implorar por seu amor. Do que depender de mim, irei te auxiliar nesta busca, é a única opção para conseguir trazê-la de volta o mais rápido possível. Depositarei um dinheiro em sua conta todos os meses. Além disso, rezarei por você.

De maneira alguma ela aceitaria que ele lhe enviasse dinheiro, isso significaria dependência e ela repudiava isso. Sem contar que aquilo manteria o laço bem atado entre os dois. Também não se sentia à vontade com a ideia de ele interceder por ela através de orações. Sentia-se pecadora por ter se envolvido com seu primo-irmão, ainda que conhecesse a sinceridade de seu amor. Pecado esse que ela julgava já estar pagando por ele, e era Stéfano o mártir. Justamente por isso ela mesma não perdoava o próprio passado. Era culpada pelo sofrimento do filho.

Desde o momento que aceitara entregar-se a Ramon soube que engravidar era algo proibido, impensável por todos os males que a união consanguínea poderia gerar. Bem por isso, estar ao lado de quem amava significava renunciar metade dos sonhos. A imaculada sinceridade no relacionamento com os pais, a convivência com a irmã, o país de origem e, o mais precioso, carregar um filho no ventre para entender toda a magia que reavive a feminilidade.

No entanto, acidentalmente, ela se fez mãe. Ao contrário das ilusões criadas desde a infância, aqueles nove meses foram os mais difíceis de toda a sua vida. Mais de duzentos dias recheados por temores e dúvidas incessantes. E então, todas as perguntas formuladas durante o período de gestação tiveram as respostas imaginadas. Stéfano não podia enxergar.

Não bastasse todo o sofrimento, o menino estava desaparecido há três anos. Ainda era um bebê quando ela o segurou pela última vez. Quanta dor, quanta culpa, quantas saudades...

— Ramon... — As lágrimas desceram pela bochecha. — Não quero dinheiro, não quero seu amor, nem seu pensamento. Esqueça-me! Procure outra pessoa, alguém ideal para estar ao seu lado... Alguém que te faça me esquecer. Por favor, Ramon... — A voz estava embargada, sufocada pelo choro e era uma súplica. — Foi uma tremenda besteira o que fizemos! É tarde para terminarmos com isso, mas ainda há tempo. Não permitirei que nosso filho continue pagando por nossos erros. Eu te amo, meu amor, e, sinceramente, acredito que pela vida inteira, mas entenda minha decisão. — A última frase materializou-se em um soluço dolorido.

— Beatriz... — ele implorou sem forças.

— Perdoe-me... — Foi o último sussurro que ele ouviu. E temeu... temeu demais porque a conhecia, porque sabia que eram mínimas as chances de ela voltar atrás.

Mesmo assim, Ramon insistiria e lutaria para encontrá-la. De qualquer forma, cumpriria, sem pestanejar, todas as promessas que havia feito. Descobriria onde ela estava, a envolveria com toda a força de seu amor até convencê-la a voltar para ele; enquanto isso não acontecesse ele a enviaria dinheiro e sim, oraria por ela e pelo filho.

O véu de seda que envolvia o rosto de Beatriz estava banhado pelas lágrimas. Ela se sentia completamente vulnerável entregue ao sofrimento. O coração havia se partido de tal maneira que ela nunca havia imaginado. Tinha consciência de que a dor seria grande, mas não daquela forma! Como aquele homem havia lhe roubado tudo! Ela era inteiramente dele, não podia negar, não sabia negar!

Todos e tudo a sua volta era estranho, desconhecido. Não poderia desistir mesmo se sentindo tão pequena diante dos obstáculos. Tinha que relembrar o motivo inquestionável que a levara até ali. Vasculhou novamente a bolsa e encontrou a quinta carta, das dez anônimas que haviam chegado misteriosamente em sua casa em Paris. Todas elas traziam os mesmos dizeres, palavras formadas com recortes de jornal ou de revista. Leu-a com cuidado para sentir-se forte e prosseguir:

Um dos quase dois milhões de habitantes em Rabat é o seu filho.

Dobrou a carta para guardá-la e respirou ofegante, desafiando-se a encontrá-lo de qualquer forma. Em meio ao barulho de novas decolagens, anúncios de horário de voo, conversas e músicas árabes, Beatriz permitiu que seus pensamentos se calassem. Caminhou adiante se aproximando da esteira que agora mostrava poucas malas, muitos já tinham recuperado as bagagens e partido. Na outra ponta avistou a sua, verde, de rodinhas, com uma fita azul amarrada na alça para sinalização. Não pretendia perder as poucas coisas que tinha trazido consigo.

Quando a mala passou por ela, agarrou-a com força. Colocou-a no chão e saiu à procura de um ponto de táxi que estivesse na saída do enorme aeroporto. Guiou-se principalmente pelos símbolos das placas fixadas nas grandes colunas que sustentavam a construção, já que seu conhecimento em árabe não era de se admirar, tinha a esperança de conseguir se comunicar através do inglês, ou até mesmo do francês.

Naturalmente, havia uma fila de carros esperando pelo próximo cliente que contratasse uma corrida. Antes de eleger um daqueles, abriu a bolsa para procurar o endereço do hotel que ficaria. Planejou entregar o escrito nas mãos do motorista; nem precisaria conversar. Porém, em um primeiro momento, não conseguiu localizar o papel que havia guardado cuidadosamente. Abriu todos os zíperes que a bolsa oferecia e... nada! Abriu a carteira, folheou o interior do livro que carregava e procurou até mesmo na nécessaire. Não estava em nenhum canto!

O coração disparou em resposta, sentiu um calor invadir o cérebro. Sozinha, sem dominar a língua nativa e ainda sem saber aonde iria. O que faria?

Pensou em duas alternativas, sentaria e, com calma, tentaria lembrar o nome do hotel, chegaria ao motorista e pronunciaria simplesmente o nome do lugar. Ou então, precisaria encontrar uma forma de acessar a internet. A questão é que só lhe vinha à mente o símbolo do hotel, nada mais. A decisão foi pegar caneta e papel, tentar reproduzir a logomarca e torcer para que conseguisse fazer alguém entendê-la.

Três palmeiras esfumaçadas, em tamanhos graduais, vieram à lembrança. Passou a desenhá-las com delicadeza. Tinha um conhecimento básico em desenhos, mas de moda. Apesar de não gostar, adquiriu a habilidade em um curso técnico feito com a irmã, quando ainda eram duas adolescentes indecisas quanto à carreira profissional. Dalila encontrou-se nos *croquis*, enquanto Beatriz julgou tudo aquilo inútil, perda de dinheiro e tempo. No entanto, naquele momento ela agradecia a irmã por ter insistido tanto para que fizessem o curso juntas, já que o desenho começava a ganhar forma, saía perfeitamente no papel.

Finalizado as palmeiras, rabiscou as ondas do mar atrás delas e o nome do hotel surgiu rápido como um relâmpago, Hotel Villa Kalaa.

Aimon e Alicia encontraram-se por coincidência no Café y Azúcar situado na esquina da Avenida Corrientes, um lugar aconchegante e muito próximo à empresa Gonzalez Vesti. O empresário estava sozinho quando a notou entrando no salão. Ele havia acabado de pedir um chocolate quente na tentativa de esquentar o corpo naquele dia de inverno argentino. Assim que resolveu acenar, ela já se aproximou dele.

— Oi Aimon, tudo bem? — cumprimentou ela, com os olhos brilhando. — Obrigada — agradeceu quando ele afastou a cadeira para que ela se sentasse.

— Sim, bem melhor. O que você quer pedir?

— Vou te acompanhar no chocolate quente. — Ergueu os braços e chamou o garçom. — Mais um, por favor.

— Hoje será tudo por minha conta, certo?

— Ora, ora. Se eu soubesse não tinha me sentado aqui — brincou, apoiando os queixos sobre a mão —, vou maneirar nos meus pedidos, então.

Ele reparou o quanto ela o fazia rir, a agradável companhia era capaz de distraí-lo e deixá-lo mais leve.

Conversaram por tanto tempo na lanchonete que o dia virou noite. Os salgados, cafés e pães com manteiga foram substituídos por pizzas, lanches e porções. A conversa preguiçosa foi substituída pelo murmurinho de alegria trazida pelo happy hour. Esqueceram-se da hora, dos compromissos, da vida. Viram que tinham coisas em comum, e muitos gostos diferentes. Ela se sentiu satisfeita em conseguir trazer à tona o melhor lado de Aimon, o lado da sensibilidade, bom humor e franqueza.

Era uma vitória o encontro casual transformar-se em encontro marcado.

— Aimon, agora que você sabe que adoro o hipismo, não quer ir comigo no final de semana conhecer o jóquei?

— Ah, não sei não. Acho que não vai dar certo.

— Não vai ter muita gente porque não será um dia de competições. Puxa vida, vamos, vamos! Por mim! Diz que sim, por favor?

Ele riu com a reação dela e respondeu:

— Ok, você venceu. Vamos ver se você é boa mesmo em cima de um cavalo.

Ao abrir a janela de seu quarto, Alicia vislumbrou o dia maravilhoso que estava à sua espera. Nenhuma nuvem ousava sequer embaçar a combinação perfeita do amarelado solar com o azul celeste.

– Carmen? – chamou Alicia em voz alta, andando pela casa.

– Estou aqui na área de serviço – respondeu a empregada.

– Ufa! Sorte que você está aqui! Pensei que já tivesse ido embora. Teria problema em passar esta peça?

– Se for para ver esse brilho em seus olhos, eu passo – declarou docemente, pegando a roupa. – Ué, hoje é dia de ir para o jóquei?

– Bom, hoje não há disputas por lá. Mas posso ir treinar, ver meu cavalo, me divertir.

– E precisa dessa camisa aqui? Se hoje não tem competição, poderia usar uma roupa normal, como você está acostumada.

Alicia ria por dentro, Carmen percebera que havia algo diferente no ar e estava evitando perguntar diretamente.

– Eu quero estar bonita hoje, simples assim.

– Dona Alicia, não me faça rir! Anda, me conte o que está por trás disso – rendeu-se Carmen à curiosidade.

– Aimon vem me buscar daqui há... hum, uma hora. – Piscou ela, saindo da área de serviço.

A mulher, que agora já trazia algumas rugas perdidas pelo rosto, temia profundamente pelos sentimentos de Alicia, uma moça inexperiente, sonhadora e que gostava de se jogar de cabeça em um relacionamento amoroso. Não conseguia diferenciar quando um homem estava sendo apenas gentil ou se queria algo mais. Dessa vez, sabia que a situação era ainda pior. Aimon era o chefe de Alicia, as más línguas poderiam dizer sobre o interesse dela em ascender na carreira. De acordo com as notícias publicadas nas revistas, ele estaria passando por um momento de depressão, um quase isolamento social. Alimentava uma culpa sem fim pela morte da mulher e de uma criança. Enfim, um viúvo problemático. A empregada não entendia os motivos de Alicia em decidir ajudá-lo, porém sua experiência era o suficiente para afirmar o quanto ela estava entregue e o quanto ela sofreria.

Localizado em San Isidro, o Club Hípico del Norte era um lugar de aprendizado para os amantes do hipismo, sempre com instrutores habilitados, cavalos bem cuidados, e a pista à espera de iniciantes ou profissionais, em meio às árvores gigantescas.

Aimon posicionou-se próximo à pista, sentando embaixo de uma sombra. A vista seria ótima. Apenas um cavaleiro disputaria os obstáculos com Alicia, exatamente como ela previra.

O lugar era bem simples se comparado com os jóqueis que costumava frequentar, mas a sensação de sossego e plenitude era inigualável. Aproveitou para encher os pulmões de ar puro, mas suas narinas foram invadidas pelo cheiro de almíscar, provavelmente impregnado na sua roupa quando Alicia o abraçou subitamente, pedindo uma boa sorte.

Avistou-a puxando o seu cavalo para a pista, da raça árabe, imponente, pelagem marrom e crina preta, com as patas marcadas em branco. Combinava com ela que levava a sério o esporte, herança do pai.

Estava esplêndida e sensual com a camisa branca, calça cinza colada, fino cinto, botas e cabelo preso na nuca, uma amazona. Mas Aimon não se deu conta de tal beleza, levantou-se para apreciá-la não como uma mulher, mas uma esportista; acenou fazendo-se presente e a admiração acertou-o em cheio. Maravilhado com a habilidade dela, aplaudiu sem medo. Saltava um, dois, três obstáculos sem derrubá-los. Apreensivo, assistiu-a realizar com perfeição um salto em um rio artificial e fechar o circuito sem penalidades.

Alicia sentia-se livre, com um poder infinito para esquecer tudo que a cercava no momento que entrava na pista. Concentrava-se em seu objetivo, tentando cumprir sem erros e no menor tempo possível. Mas hoje seu coração gritava, a mente explodia e o temor em errar era imenso. Pensou em apenas correr, sem exibições, porém mudou de ideia ao ver a expectativa do treinador, ao lembrar-se do desafio de Aimon e, sobretudo, ao entender o quanto o cavalo estava habituado àquela prova. Sentiu-se vitoriosa, com a sensação de dever cumprido, quando percebeu que realizara a prova sem erros. Para coroar o feito, as palmas de Aimon.

– Alicia! Você estava incrível! Meus parabéns! – ele a congratulou, antes mesmo de ela sair da pista para guardar o animal.

– Estou há tempos tentando convencê-la a disputar o regional. Ela tem talento! – comentou o treinador. – É a primeira vez que ela traz alguém para assistir – dedurou, afastando-se do empresário. – Vou ajudá-la, o senhor não quer entrar na sede e descansar um pouco?

– Sim, obrigado. Diga a ela para me encontrar lá.

Aimon apreciava as medalhas colocadas em quadros, pendurados na parede, quando Alicia chegou.

– Parabéns amazona, você realmente sabe montar, mas falta uma coisa – disse, pensativo.

– Falta, é? – a esportista indagou, apoiando-se no batente da porta. Seu corpo estava cansado.

– Falta uma medalha aqui na parede, quem sabe, várias medalhas.

– O que você quer dizer, Aimon?

– Alicia, você tem capacidade de ir além, disputar títulos.

– Eu treino por prazer, a partir do momento que eu começar a competir, isso se tornará uma obrigação. Eu serei cobrada e eu me cobrarei. Não quero que o hipismo seja minha profissão.

– Talvez você esteja certa, mas tenho dúvidas se não é o medo que te bloqueia.

Quem diria, pensou Alicia, Aimon tentando dar conselhos sobre medo. Esperou que ele continuasse.

– Por que você não permite que outras pessoas te vejam na pista? Por que não competir apenas para provar a si mesma de que é capaz?

– Quem disse isso? Meu treinador? Deixa, vai ter troco – brincou Alicia, se esquivando das perguntas.

– Bem, não quero estragar nosso dia, mas como você mesma diz, só quero ajudar.

Astuto, Aimon utilizava dos argumentos dela; ela odiava sentir-se desafiada.

– Tenho medo de perder, de me decepcionar. Tenho medo que as pessoas esperem demais de mim. Trouxe você aqui porque pensei que não esperasse nada, foi um desafio.

– Você conseguiu me surpreender, poderia ser assim com outras pessoas.

Ela o fitou calada por alguns instantes, viajou pela infância e fez uma confissão.

– Meu pai era um exímio cavaleiro, um verdadeiro competidor. Tanto nas pistas, como no trabalho, família, amigos. Tinha dificuldade de perder. Certa vez ele apareceu de repente em uma de minhas aulas e pedira que eu competisse com um menino mais velho e mais experiente; infelizmente eu perdi. Ele me tirou das aulas, e a repreensão aconteceu na frente de todos. Até hoje não consegui digerir essa história.

– Mas você conseguiu treinar novamente, falta pouco para superar o trauma.

– E você sabe o quanto isso é difícil, não?

Ele aquiesceu, e pela primeira vez no dia, a tristeza reapareceu, tomando conta de seu semblante.

– Ei, ei, eiiiii!!!!! O sermão era para mim! Nada de baixo astral, Aimon! Tenho uma surpresa para você.

– Para mim?

– Venha comigo, vou te mostrar.

Alicia segurou com carinho na mão de Aimon, transmitindo sua doçura e compreensão. Ele não recusou, era humano, sentia falta de companhia. Caminharam devagar até a baia de número sete, onde uma égua estava à espera, já selada.

– Você vai montar novamente, Alicia?

– Claro que não, engraçadinho – ela brincou com um sorriso inocente. – Pedi uma égua mansa para você montar.

– O quê? Não, eu não sei andar a cavalo, não inventa não.

– Aimon, eu também não sabia quando comecei. Aprendi. Aqui estão os melhores professores. – Surpresa, ela pressionou os lábios. – Mas, fala sério, você nunca montou? Nunca?

– Algumas vezes, porém faz muito tempo.

– Então você sabe o básico... – interpretou Alicia, já conduzindo o animal para a pista.

– Alicia, esse não era o combinado.

– E só eu devo me divertir? Chegou sua vez!

Ela não deu tempo para ele decidir por medo que a insegurança o dominasse.

– Vamos, pode subir. Segure as rédeas, ainda não solte – instruiu-o, acariciando a pelagem do animal. – Tudo bem?

– Parece que sim... – ele respondeu com o corpo rígido. Já estava sobre o lombo da égua.

– Confie primeiro em si mesmo, na sua capacidade. Agora, olhe aqui.

Aimon abaixou a cabeça e a encarou.

– Confie em mim – prosseguiu Alicia, entregando-lhe uma piscadela. – Solte as rédeas devagar, cutuque com os pés a barriga dela. Isso! – Sentiu-se satisfeita em ver que sua orientação surtia efeito. – Vamos, Glory! Vamos! – ela ordenou à égua.

O animal começou a caminhar lentamente.

– E agora, Alicia?

– Se você quiser aumentar a velocidade tem que soltar mais a rédea, e comandar.

– Vou andar um pouquinho com ela, para ganhar segurança.

Quando completou uma volta, Aimon resolveu arriscar e galopou livremente na pista. Queria gritar, libertar as angústias, saudades e tristezas. Refletiu como quebrara barreiras ao sair da gaiola, aceitou passear com Alicia e agora estava cavalgando! Isso, de certa forma, o fez um homem realizado naquele dia.

Alicia sobressaltou-se quando viu Glory aumentar o ritmo de seus passos. Saiu em disparada para alcançá-los, pois temia que algo ruim acontecesse e piorasse ainda mais a situação de Aimon.

Ele a viu correndo, as botas levantando poeira, os cabelos desgrenhando-se no vento, a casaca quase caindo dos ombros. Controlou a égua, quase freando o movimento.

– Desculpe, esqueci de avisar que ia aumentar a velocidade. – Ele sorriu, acariciando o pescoço de Glory.

– O medo virou pó? De repente você simplesmente me esquece? – cobrou, arfando.

– Viajei nas minhas emoções. Obrigado! Quero vir sempre com você.

Confusa, Alicia sentiu um arrepio na espinha, parecia que tinha ouvido um elogio.

– Vai ficar aí me olhando? – ele continuou, com o esboço de um sorriso. – Vou dar mais uma volta, depois você me ajuda a guardar a Glory?

– Vou pensar... – Ela sorriu para ele, mais uma vez.

Era um milagre, com os esforços daquela mulher, Aimon parecia recuperar em um dia os três anos perdidos que permanecera imerso em amargura. Confiante, ela planejou os próximos passos.

— Nossa, Alicia! Nem vi a hora passar — ele contou enquanto se aproximavam do Lamborghini para irem embora.

— Estou muito feliz por isso! — ela admitiu, acarinhando os braços dele. Depois, olhando para o carro, entregou um alerta. — Só me preocupo com essa estrada mal iluminada, além de terra, têm muitos buracos...

A observação de Alicia fez Aimon dirigir com cautela até Buenos Aires. A viagem que demoraria em torno de 20 minutos, durou mais que o dobro do tempo. Todavia, o casal manteve uma conversa animada sobre cavalos, competições e corridas. Alicia sabia também a história com detalhes sobre a fundação do Club Hípico del Norte.

— Bem, chegamos — suspirou ele, ao estacionar em frente ao prédio dela.

Alicia remexia em sua bolsa tentando encontrar a chave do apartamento, embora estivesse bem guardada dentro de um dos compartimentos. Resolveu seguir com o plano.

— Nossa! Onde será que deixei minha chave? — Ela ainda revirava a bolsa. — Deve ter caído no clube.

— Não tem ninguém que possa abrir a porta para você?

— Infelizmente não, minha empregada não dorme no meu apartamento. Vou telefonar para uma amiga, preciso dormir em algum lugar esta noite.

Ele consultou o relógio e percebeu que já era tarde. Não custava nada ser delicado com alguém que lhe fizera bem! Alicia o presenteara com um dia maravilhoso, afinal. Além de que, se haviam chegado tarde da noite era porque ele insistira em ficar cavalgando com Glory.

— Poderia dormir em minha casa esta noite, tenho um quarto de hóspedes lá. Você precisa conhecer meu cantinho fora do caos... — O convite foi feito com bom-humor.

Ela sabia que agia com falsidade, que dormindo lá faria as coisas caminharem rápido demais... no entanto, também entendia que Aimon precisava de alguns empurrõezinhos para agir e, quanto mais ficava perto dele, mais atração sentia. Não queria simplesmente se despedir e dormir sozinha. Adorava sua companhia, suas histórias, desejava curar o coração dele.

— Tudo bem então, mas não quero incomodar.

Ele meneou a cabeça, sorridente.

— Não vai...

Quando chegaram, ele fez questão de mostrar cada cômodo, mas a cozinha planejada pela própria esposa foi a principal atração. Um ambiente bem espaçoso para que ela pudesse se locomover livremente ao preparar as receitas refinadas sempre que recebia convidados importantes, pois Dalila adorava surpreender. Gostava de receber elogios que demonstrassem que ela não era uma simples estilista que dependia do sucesso do marido. Sim, a senhora Hernandez era uma ótima esposa, dona de casa, empresária, anfitriã, e acima de tudo, uma dama.

A mesa da sala de jantar exibia, no centro, um lindo vaso de prata, com uma orquídea da cor amarela. Um relógio antigo ocupava a parede central e, no canto, uma cristaleira cheia de porcelanas completava o ambiente.

Alicia já conhecia a sala de estar, mas, quando isso aconteceu, estava completamente tomada por cacos de vidro – resultado da insanidade de Aimon. Agora ela conseguia reparar na beleza do espaço, organizado com muito requinte, no sofá cor de caqui e nas almofadas vermelhas que harmonizavam tão bem com o tapete preto, além de se perder na imagem do quadro *As Duas Irmãs* de Renoir. A reprodução da obra era realmente de tirar o fôlego dos observadores.

Da sala, subiram pela escada de granito para alcançar os cômodos de cima. O segundo andar era gigantesco, trazia o escritório de Aimon, a sala de jogos e de TV com equipamentos audiovisuais de última geração, bem como dois quartos de hóspedes e outro totalmente vazio que Alicia julgou ter sido projetado para a criança do casal, caso tivessem. No mesmo piso, ela também conheceu o quarto que Aimon dormia desde a morte da esposa e o do casal, com o closet e suíte. Notou que as roupas de Dalila permaneciam no lugar, intocadas, além das maquiagens que usava, dos sapatos, carteiras, bolsas, vestidos de festa e chapéus.

Tudo estava do jeito que ela deixara antes de ir para o piquenique. Trocara o moletom, deixado em cima da cama, por uma cacharrel. Esqueceu um dos batons sem tampa e um anel de pedras azuis em cima da penteadeira. Aimon pedia que a empregada limpasse o lugar uma vez por semana, apenas quando ele estivesse em casa. Pensava que manteria sua mulher sempre viva se preservasse as coisas assim, do jeito dela. A dor já era patológica.

– Sua casa é realmente maravilhosa, Aimon – ela admirou, girando a cabeça para o alto, reparando nos lustres luxuosos que compunham o designer da casa.

– Eu encontro Dalila nos mínimos detalhes. – O empresário não conseguia abandonar a memória da esposa em nenhuma circunstância. – Ela escolheu tudo com perfeição, tinha um gosto mais refinado do que o meu. Já me aconselharam a sair daqui, disseram-me que eu me sentiria melhor, mas Dalila faz parte da minha vida! Nada vai mudar isso, não será uma mudança de casa que me fará esquecê-la. – Ele cruzou os braços, mostrando, inconscientemente, como repudiava qualquer revolução. – Na verdade, nada, nem ninguém, me farão arrancá-la de dentro de mim.

– Você nunca vai esquecê-la, Aimon. – Ela tocou-lhe os ombros, em um gesto de cumplicidade. – Mas a dor se transfigura e você se conforma, pois o coração sempre pede uma nova chance para ser feliz.

Ele sorriu apenas por educação, pois se via desacreditado. Imediatamente, desviou o assunto.

– Bem... Imagino que esteja cansada. Quero que se sinta à vontade. – Apontou a porta à sua direita. – Neste quarto de hóspedes há um banheiro suíte com toalhas e tudo o que precisa para um bom banho!

Embora desejasse passar a noite conversando com ele, Alicia entendeu a necessidade de deixá-lo descansar também. Sua única alternativa, portanto, foi se despedir.

– Obrigada. Tenha uma boa noite!

Virou nos calcanhares e adentrou o aposento, encostando a porta. Ao terminar de virar a maçaneta, encostou as costas na madeira, e ficou ali, por alguns segundos. Perguntou-se como poderia desligar os seus pensamentos do homem que, em pouco tempo, estaria dormindo no cômodo ao lado. Respirou fundo e desejou com afinco um banho quente relaxante. Isso provavelmente a distrairia.

As toalhas, sabonetes e xampus estavam dispostos sobre a pia do banheiro. Enquanto ela se despia, tirando peça por peça, ouviu alguns latidos de Ted. Era triste pensar que ele era a única companhia do empresário naquela casa imensa. Se Aimon permitisse, pensou sorrindo, não se importaria em preencher aquela mansão vazia. Depois, riu de si mesma.

Enrolando uma toalha de rosto no cabelo, lembrou-se de que não tinha pijama ou qualquer outra roupa limpa e confortável para dormir. A única opção, era a sua lingerie. Dormiria tranquilamente desse jeito se seu corpo deixasse, se sua cabeça não martelasse a todo o momento o nome de Aimon e o plano de conquistá-lo. Tentou concentrar-se em um programa de televisão que ensinava receitas rápidas, embora sua voz interior gritasse mais alto do que qualquer apresentador de TV.

"Quando você vai conseguir dormir na casa de Aimon Gonzalez novamente? Essa é a sua única chance de conquistá-lo", protestava o seu pensamento.

Imaginou, em seguida, o que diria a ele quando fosse surpreendida andando pela casa no meio da noite. Confessaria a atração que sentia? Ele jamais entenderia, pois Aimon a considerava sua amiga. Ele nem estava pronto para um novo relacionamento. Tudo era arriscado demais, até porque ele agora era seu chefe direto. Poderia complicar sua carreira depois disso. Contudo, todo esse medo se esvaía quando se lembrava dos detalhes do sorriso dele, da covinha se formando sedutoramente nas bochechas, dos olhos negros tão vivos sob o cabelo acinzentado, da voz forte contrastando com sua sensibilidade, e, principalmente, da fidelidade à memória da esposa.

Levantou-se da cama e começou a andar de um lado para o outro. Odiou aquela indecisão! Por um momento nem se reconheceu. Nunca fora tão ousada em uma conquista! Temia perder a amizade de Aimon com seu plano maluco, mas também não desejava sentir o arrependimento por ter desperdiçado a tentativa.

Disposta a enfrentar as consequências de seu ato, Alicia soltou os cabelos, penteou os fios e deixou que se arranjassem em seus ombros. Cobriu-se com um roupão e decidiu caminhar até o quarto do empresário. Poderia dizer que se sentia muito sozinha...

Saiu do cômodo com as mãos tremulando e deu de frente com a porta do quarto da falecida esposa do empresário. Invadiu-o e, no extremo da audácia, encontrou uma camisola preta de renda. Decidiu vesti-la, mesmo ficando extremamente justa por Dalila ter sido mais magra que ela. Preferiu não conferir sua imagem no espelho, a fim de não refletir sobre aquela atitude, apenas deixava que Aimon ocupasse sua mente por inteiro.

Andou devagar pelo corredor, sentindo seu coração vibrar descompassado. Bateu na porta do quarto dele, ainda sem saber o que diria.

– Já estou indo! – gritou ele.

Quando o viúvo abriu a porta, ela sentiu um líquido gélido no estômago e desejou fugir dali no mesmo instante, mas quando se deu conta da beleza provocante que ele exibia sob um roupão de banho azul marinho, ela se viu seduzida. Sentiu-se dele porque invadia um momento único e íntimo daquele homem. Imaginou-se abraçada pelos braços fortes que agora seguravam a porta.

Para ele, faltou-lhe o ar ao ver sua esposa espetacularmente vestida com a camisola preta, exatamente a que ele lhe dera de presente em seu primeiro aniversário juntos. Os cabelos molhados deixavam-na ainda mais provocante. A saudade queimou em seu peito, fazendo-o agir depressa. Abraçou-a com força, tentando absorver todos os detalhes que sentia falta há anos.

Alicia encaixou-se perfeitamente naquela quentura que emanava dele, e estava surpresa, não entendia ainda o que se passava. Sentiu o roçar da barba por fazer em seu rosto, a respiração tão próxima de sua nuca. Aimon deliciava-se com o doce perfume de Dalila, invadido pelos sentidos que o confundiam, ele beijou-a, um beijo doce para matar toda a ausência, sentir o gosto de amor. A cabeça de Alicia girava, o corpo pedia por Aimon, exigia em senti-lo por inteiro. Ela acelerou o beijo, ele correspondeu, apertando o corpo dela junto ao seu, conduziu-os para a cama. Foi quando ele viu os olhos dela e exclamou com amor:

– Dalila!

A decepção corroeu cada centímetro de Alicia, fez sumir toda aquela insensatez. Era uma idiota ao pensar que conseguiria ter para si algum sentimento daquele homem. De forma brusca, ela empurrou Aimon para longe, e gritou

– Eu não sou Dalila!

Levantou depressa da cama para sair do quarto, porque preferia não explicar nada agora.

Aimon percebeu o que estava fazendo assim que viu Alicia deixando seu quarto. Sentia-se ridículo, pois as lembranças, mais uma vez, tinham o enganado. Saiu correndo chamando por ela e conseguiu alcançá-la antes que ela fechasse a porta atrás de si.

– Alicia...

– Aimon, vamos esquecer esta noite, tudo bem?

Ele correra atrás dela porque tinha certeza que estava errado, mas ao vê-la novamente, o coração disparou. O que significava aquela camisola?

– Você quer esquecer por quê? Porque sabe que está muito mais encrencada do que eu.

Irado, Aimon pegou Alicia pelo braço fazendo-a entrar no quarto de hóspedes.

– Você quis atormentar minha mente usando isso? – indagou, apontando a camisola.

– Claro que não, Aimon!

– Tire isso agora! Agora! Entendeu? – Abriu o guarda-roupa e retirou um roupão de dentro dele. – Entre no banheiro e vista-o! – ordenou, jogando-o em cima dela.

Alicia obedeceu e, ao deixar o toalete, entregou a camisola dobrada.

— Vamos, explique-se! O que você queria com isso?

— Aimon, me perdoe, me perdoe! Eu estava fora de mim.

— Você não precisava usar uma camisola para dormir, ainda mais de minha mulher. Aqui nesses armários o que mais tem são pijamas. – Abriu uma das gavetas, mostrando as roupas. – E o que há com os roupões? Não gostou deles?

Teria de dizer o que a motivou para pegar a camisola, já que tudo estava perdido.

— Não tenho problemas com eles.

— Pois então falta uma explicação. – Ele cruzou os braços, esperando a manifestação dela.

Alicia sentia-se coagida, igual quando seu pai a repreendia. Não seria prudente inventar histórias, assumira o risco ao decidir se atirar nos braços dele. A perda seria para os dois, ela estava frustrada, e ele, bem... ele, naquele momento, estava irado.

— Aimon, você ainda não está pronto para ouvir o que eu vou dizer.

— Eu quero a verdade, vamos! – Ele estava impaciente.

— Antes de nos tornarmos próximos eu já te admirava, mesmo de longe. Sabe que estou na Gonzalez Vesti há um bom tempo e, embora, não nos víssemos devido seu distanciamento da empresa, eu sempre acompanhei as notícias a seu respeito. Você é um homem maravilhoso. Sinto-me atraída...

— E por você me conhecer deveria saber o quanto as coisas de minha mulher são sagradas para mim. Eu te disse que não mexia nas roupas de Dalila desde quando ela se foi. Que direito você tem de ir lá, pegar a camisola e usá-la?

— Você está completamente certo, Aimon. Mas, eu ainda não terminei. Eu não consigo mais parar de pensar em você, tentei de todas as formas me distrair aqui nesse quarto para não fazer essa besteira. Não consegui. Procurei então por uma roupa que fizesse você prestar atenção em mim... vi essa camisola no quarto de Dalila, e vesti.

Aturdido, Aimon sentou na beira da cama, passou as mãos pelo rosto, tentando acordar de um sonho.

— Infeliz ideia essa sua – disse entre dentes. – Eu preferia que você tivesse batido na minha porta e tivesse dito o que você estava sentindo. Não admito que ninguém use a memória de minha esposa dessa forma. A chave da sua casa está na sua bolsa, não? Aposto!

Desesperada, antes de perder para sempre a confiança de Aimon, Alicia ajoelhou-se na frente dele, para que ficassem cara a cara.

– Estou apaixonada por você, Aimon!

– Eu não tenho nada para te oferecer. Volte para casa, vou ligar para um táxi.

– Aimon, me perdoe! Perdi a cabeça, só queria chamar sua atenção. Eu nunca mais vou mexer nas coisas de Dalila.

Ele permaneceu calado. Tentava recuperar a razão que fora perdida no momento em que abriu a porta para Alicia.

– Eu sabia que você ainda estava fragilizado pelo luto, machucado, mas não imaginei que me confundiria com ela. Demorei para entender o que estava acontecendo, tanto que só me afastei quando você disse o nome dela. Fiquei chocada, me senti uma idiota, você não me quis, você quis Dalila.

Lágrimas de arrependimento saltaram nos olhos de Alicia. Levantou-se decidida a ir embora, deixando para trás toda a mágoa que sua atitude provocara.

– Você não sabia que eu ia confundir?

– Em nenhum momento pensei nisso, apenas peguei a camisola porque queria algo mais sensual, feminino. Não sabia exatamente o que iria dizer ou fazer quando bati na porta do seu quarto. Enquanto você me abraçava tentava entender o que se passava na sua mente. Sua reação também me pegou de surpresa.

A culpa começou a fluir na mente de Aimon juntamente com a razão. Refletiu que fora ele quem tomara a iniciativa de abraçá-la e beijá-la, havia deixado a imaginação dominá-lo e a vontade em rever Dalila foi maior que a realidade. Estava doente, não podia negar.

– Você esperou muito de mim, Alicia. Não tenho nada para te dar, só decepção.

– Você me deu sua amizade e confiança, já era o bastante, até que minha ganância pediu amor.

– Alicia, você acredita em mim, não é? Você acredita que eu vou me recuperar, que eu vou me libertar dessa angústia?

– Acredito tanto nisso que eu me deixei levar por meus sentimentos. Hoje no clube você estava espetacular, foi um grande avanço.

Ela pegou as roupas que usara para montar e levou para o banheiro, estava na hora de se trocar para voltar para casa.

– Você me ajudou muito, Alicia, não quero que saia da minha vida. Entretanto, ainda não estou preparado para... para me apaixonar – declarou ele, ainda relutante com a ideia de recomeçar a vida.

– Isso só depende de você.

Ele levantou da cama e caminhou até onde ela estava. Aproximou-se, tocando o rosto dela com leveza.

– Eu te magoei, não é? Você sabe o quanto vai ser difícil esquecer Dalila e o quanto eu ainda posso te entristecer...

– Você não me quis, Aimon.

– Não é bem isso, eu imaginei Dalila, não te enxerguei, me desculpe. Você é tão linda... – declarou, ainda segurando no rosto dela.

– Não sei se suportaria estar ao seu lado com a dúvida, pois vou me questionar sempre se você pensa nela ou em mim. Não quero que você se esqueça de Dalila, não é isso, porque sei que é impossível. Entendo tudo que ela significa em sua vida, porém, já se passaram três anos, e sua vida parou.

Ciente de que Alicia estava certa, Aimon decidiu tomar outro rumo, estava na hora de dar uma chance a si mesmo.

– Ajude-me então, Alicia, me ajude a encontrar a felicidade.

CAPÍTULO QUATRO

As roupas já estavam todas organizadas dentro do guarda-roupa, no hotel Vila Kalaa. Quanto menos malas à vista, melhor, pois ela sabia que agora deveria sentir-se em casa; aquele pequeno quarto com quase todo o espaço ocupado por uma cama de casal e o minúsculo guarda-roupa seriam, realmente, seu novo lar.

Beatriz não conseguia prever por quanto tempo permaneceria ali, caso não encontrasse um emprego ela teria que procurar outro lugar para ficar, uma pensão talvez. No entanto, tinha consciência de que, por pelo menos um mês, o conforto estaria garantido, nesse tempo poderia usar o chuveiro quanto tempo quisesse, dormir com a TV ligada, deixar algumas peças de roupas sobre a cama, afinal, o cômodo era só dela e não precisaria dividir com ninguém para repartir as contas no final do mês.

Ela pegou algumas peças de roupa e carregou para o banheiro, junto com a toalha verde, aveludada. Tomar banho era tudo o que conseguia pensar naquele momento. Ansiava pela suavidade do toque de cada gota d'água arrancando-lhe todo o cansaço, renovando-a.

Ao primeiro passo em direção ao toalete, Beatriz ouviu ruídos que vinham da porta do quarto, alguém tentava abri-la. Deveria temer? Sabia que há meses recebia cartas anônimas a respeito do filho e estava onde justamente mandaram que estivesse, portanto, alguém, que ela nem imaginava quem, sabia de seu paradeiro.

A insistência do lado de fora continuava. Agora a maçaneta era chacoalhada insistentemente, mas o coração de Beatriz nem ao menos vibrou assustado. Ao invés de se acuar, ela se dirigiu até a porta e simplesmente a abriu.

Olho no olho.

– 126? Aqui não é 126? – Curiosamente, o homem falava francês. O idioma que Beatriz adotara como segunda língua assim que se mudara para Paris com Ramon.

— 128 — ela respondeu com calma, deu um passo para frente e olhou sobre o batente da porta. — É, parece que o número oito caiu e não o colocaram de volta.

— Kalaa já esteve melhor... — ele resmungou. — Desculpe-me por te incomodar.

— Não se preocupe. É até interessante encontrar alguém que me entenda neste fim de mundo. Não falo árabe.

Ele esboçou um sorriso e ficou encarando-a, surpreso.

Alguns segundos de silêncio aguçaram a curiosidade de Beatriz que arqueou uma das sobrancelhas, um pedido de resposta que deu certo.

— Eu não tinha me dado conta de que havia falado francês. Eu estou bem distraído ultimamente. — Ele riu baixinho. — Prazer, Thierry.

— Beatriz!

As mãos se encontraram em um aperto de "bem-vindo".

— Seu sotaque não é francês... Hum... Cabelos negros, um tanto crespos. Olhos escuros e bochechas brancas, facilmente pigmentadas com um leve rosado tímido... — Ele encurvou a cabeça levemente para o lado antes de concluir, apontando-a com o dedo indicador. — Argentina! Tudo indica que sua terra de origem é a Argentina.

Ela cerrou o cenho, impressionada. Ele olhou por cima dos ombros dela e visualizou o quarto solitário.

— Veio sozinha, não temeu em me abrir a porta. Hum... É segura de si.

— É impressão minha ou você está me analisando?

Ele riu baixinho mais uma vez.

— Adoro fazer isso. Mal de jornalista. Anos de profissão me deram o dom de observar. E então, já jantou?

Beatriz se assustou mais uma vez. Ele era rápido, surpreendente, meio fora de si.

— Não.

— Vamos juntos, então.

— E por que eu deveria ir jantar com alguém que tentou invadir meu quarto, leu minha personalidade em alguns segundos e ainda descobriu facilmente minha origem? — Uma brincadeira que não trazia tão meias verdades assim!

– Porque você terá uma dificuldade imensa em ler o cardápio, escolherá um prato qualquer, odiará o sabor exótico, pagará de mau gosto e acabará em um restaurante fast food tradicional.

– Está bem! Já entendi. – Foi ela quem riu baixinho dessa vez.

– E também porque iremos jantar aqui mesmo, no restaurante do Kalaa. – Ele piscou de leve.

– Então, dê-me quinze minutos para um banho. – Afinal, por que não se sentir segura e confortável falando francês a quilômetros de distância daquele lugar que realmente era seu, a Paris de Ramon?

❧

O sol amanhecia imponente em Buenos Aires enquanto Alicia estava perdida na cozinha de Aimon. O anfitrião ainda estava dormindo, mas ela queria acordá-lo com uma surpresa, pois aceitara o desafio de fazê-lo feliz. Para um bom começo, o serviria com um café da manhã na cama. Papéis invertidos? Isso não era problema para ela.

Com muito custo havia encontrado a cafeteira e os ingredientes para preparar um delicioso café que seria servido com um misto quente. As frutas ficariam para outra oportunidade porque não encontrara nem ao menos uma por lá. Abriu a porta do armário da pia e encontrou uma caneca. Caçou-a e encheu-a de café. Em um bule colocou o leite, caso ele preferisse misturar a bebida. Só faltava a bandeja.

– Bandeja… bandeja… – sussurrou abrindo os armários. – Ah! Aqui.

Tudo pronto. Ela ajeitou o cabelo que descia molhado sobre as costas. Havia tomado uma ducha assim que acordou e ainda vestia o roupão, já que não quis vestir o uniforme de hipismo – a única roupa que estava disponível.

Segurando a bandeja, seguiu em direção ao quarto de Aimon, agora sem temor algum porque ele havia lhe entregado a chance de conquistá-lo. Cuidadosamente, esforçando-se para equilibrar a bandeja com uma única mão, segurou a maçaneta da porta do quarto dele e abriu-a silenciosamente.

Ele descansava de bruços, com o lençol branco cobrindo-lhe até a metade das costas. Alicia sentiu-se derreter. Estava lindo com os cabelos desalinhados sobre o travesseiro que parecia tão macio. Os lábios relaxados, entreabertos e os braços descansados ao lado do corpo. Não poderia ficar reparando-o por muito tempo, não queria que ele acordasse assustado com a presença dela ali. Decidiu escorregar os dedos naquelas costas torneadas, então, deixou a bandeja no criado mudo e fez o que desejava.

Ele se remexeu e virou o rosto para o outro lado. Ela continuou o acariciando e dessa vez chamou-o pelo nome. A voz macia escorregou pelos ouvidos de Aimon que, em estupor sonolento, sentiu-se totalmente confuso. Virou o corpo em busca de quem pronunciava seu nome e deparou-se com a bela mulher, sensualmente vestida com roupão branco e os cabelos provocantemente molhados.

– Ali... Alicia! – Ele não quis gaguejar, mas gaguejou. Encarou-a surpreso. Sim, ela cultivava ousadia em excesso. – Você tem uma maneira atrevida de conquistar. Bastante arriscada, eu diria. Por trás desses gestos tão delicados e detalhes tão meigos, existe um instinto aventureiro.

Ela não conseguiu entender se ele gostava disso ou se ela deveria parar.

– Estou no caminho certo? – Não guardou a dúvida.

– Não sei. Nenhuma mulher um dia tentou me conquistar desta forma. É uma experiência totalmente nova, por isso desconheço os resultados. – Esnobando neutralidade, ele não a entregou nenhum sorriso ou qualquer franzir de testas.

De certa forma, ela sentiu-se satisfeita com aquela declaração. Conseguira tornar-se uma pessoa ímpar na vida dele, gostasse do jeito dela ou não.

– Eu fiz um misto quente para você. Espero que goste.

Ele fixou os olhos nela e reparou-a por longos segundos.

– Onde guarda sua timidez?

– Eu a devo ter esquecido em algum lugar... – Ela riu com delicadeza.

Aimon retribuiu com um sorriso, mas Alicia havia esperado muito mais. Imaginava que ele a agarraria com força e a beijaria. Mas ela já tinha percebido que era a única atrevida na história.

O empresário pegou o sanduíche e o mordiscou pensando em como estava surpreso com as atitudes daquela mulher e, deveria confessar, também estava um pouco incomodado com tudo aquilo.

– Dormiu bem? – Ele decidiu se mostrar atencioso enquanto a mão se direcionava para a xícara de leite. Já havia a magoado muito na noite anterior, refletiu.

– Estranhei um pouco o lugar. Acho que isso é normal.

– Sim, normal – respondeu com poucas palavras, mas dezenas delas ainda viajavam no pensamento.

"Normal para alguém que invade o quarto do seu anfitrião, usando a camisola de sua falecida esposa, poucos minutos antes de ir para a cama e tentar dormir", a mente dele concluiu em silêncio.

– O domingo está maravilhoso! – Alicia jogou a frase na esperança de persuadi-lo a não deixá-la ir embora, afinal, poderiam sair juntos novamente. Ela até arriscaria preparar um almoço, caso ele quisesse.

Apenas um sorriso de leve como resposta, mais uma vez.

Ele virou a xícara na boca e bebeu todo o leite com café em um único gole.

– Estava bom? – Alicia insistia. Queria ouvir a voz dele.

– Ótimo!

"Ótimo? Só isso?", questionou-se. Ela não estava suportando a ideia de ouvir poucas palavras, acabou se irritando e suspirou espontaneamente antes de continuar:

– Bem, obrigada pela estadia. Eu vou indo.

Aimon ergueu os olhos e fixou-se na estilista a sua frente. Ele conseguiu decifrar plenamente o que passava na mente dela, arriscaria dizer que havia compreendido até mesmo o coração dela. Certo é que nenhum homem entenderia o fato de ele deixar uma mulher tão bela ir embora o desejando tanto, mas ele a deixaria partir. Parecia estar acostumado com a solidão.

– Espere, eu levo você.

– Agradeço, mas posso ir sozinha.

"Ingrato!" Esse foi o juízo feito por Alicia. A decepção era tanta que desejou sair dali o quanto antes. Achou-se uma completa idiota por ter insistido e permanecido ali naquela noite.

– Até mais! – Ela caminhou até a porta, abriu-a e desejou nunca mais voltar. Aimon era dominado por uma loucura incurável; se em três anos não havia abandonado o passado, não seria agora que mudaria. E aquele pensamento ferveu tanto dentro dela que, mais uma vez, olhou para trás e ousou dizer:

– Eu vou embora porque no mundo em que você vive não existe Alicia. Você ainda está no ano de 2009 e eu estou a 36 meses de você. O mais engraçado é que você decidiu se agarrar àquele que mais o feriu, quis se unir com o seu inimigo, o passado, ao invés de correr dele.

Ele franziu o cenho, pasmo, enquanto ela deixava o cômodo a passos duros. Como ela podia dizer aquilo? Que partisse para longe mesmo e nunca mais arriscasse bater à sua porta.

Alicia foi para o quarto de hóspedes sentindo-se humilhada, mas bem mais leve do que há segundos. Percebeu como realmente seria melhor voltar para casa e aconchegar-se em seu habitat depois da grande besteira que havia cometido: desejar o próprio chefe, viúvo, deprimido e extremamente ancorado ao passado.

Vestiu depressa seu uniforme de hipismo, agarrou sua bolsa que descansava sobre o criado mudo e saiu em direção à porta da frente. Não queria dar tempo para que Aimon corresse atrás dela, apesar de ter consciência da impossibilidade de isso acontecer.

Desceu as escadas correndo e ouvindo o latido de Ted que ressoava pela casa. Mais uma vez pensou no empresário como um completo idiota, pois ele preferia compartilhar a solidão de um belo domingo ao lado de um cachorro, ao invés de dar-lhe atenção. Ted não gostaria de saber disso.

A porta de saída estava com as chaves na fechadura, facilmente Alicia se viu do lado de fora, nas ruas de um dos condomínios mais bem estruturados de Buenos Aires. Caminharia até a portaria e de lá conseguiria um táxi. Na verdade, seria uma longa caminhada e, por esse motivo, decidiu pegar o celular e ligar para Rúbia. Ao pegar o aparelho que até então estava no modo silencioso, se deu conta de que havia três chamadas perdidas da amiga. Discou para ela.

– Até que enfim, menina! – A voz do outro lado era inconfundível. Espontânea, eufórica e estridente.

– Ei, Rúbia. Desculpe-me. Foi tudo bem de viagem? – Já desse lado, a voz revelava a tremenda bagunça de sensações que estavam dentro de Alicia.

– Xi... Parece-me que as coisas não vão bem por aí...

– Pois é, cometi uma tremenda burrada e agora estou pagando por isso.

– Não desanima, não! As coisas não acontecem à toa na vida da gente!

– Fala isso porque não sabe o que fiz...

– Credo! Desembucha, então!

Alicia olhou para os lados antes de começar a contar tudo sobre a noite passada. Percebeu que estava sozinha pelas ruas, ninguém havia decidido acordar cedo como ela em pleno domingo. Passo a passo, narrou toda a história para a amiga. Tinha esperança que Rúbia pudesse lhe dar o mínimo consolo que fosse!

– Menina! Você deveria estar feliz. Pensa, você dormiu em um condomínio de magnatas, na mansão de um empresário e tanto!

– Rúbia, será que você não pode pensar com seriedade ao menos uma vez na vida? – Ela não suportaria mais uma decepção naquele dia.

– Você é muito enjoada, se…

– Enjoada? – Alicia gritou espantada. Não podia ter ouvido aquilo!

– Sim, enjoada! Se ele queria uma Dalila ao lado dele, fosse a Dalila por uma noite. Se ele ainda quisesse aquela mulher na próxima, fosse ela mais uma vez. Logo ele se daria conta de como você, só você e nenhuma outra, poderia fazê-lo feliz. – Rúbia mordiscou o lábio e fechou os olhos temendo o que ouviria.

– Você só pode estar brincando! – Alicia sentiu o queixo cair.

Um silêncio curioso.

– Falo sério… – Rúbia murmurou com os olhos semiabertos, esperando a chumbada que viria.

– É claro que fala sério! Sou eu a inconsequente pedindo conselhos para alguém que tem a filosofia do "vale tudo".

– Ok… Ok… Ok… Deixa isso para lá. – Rúbia nunca se magoaria com as reações de Alicia. Estava acostumada com tudo aquilo. Ela dizia, Alicia desaprovava, ela voltava a dizer, Alicia desaprovava, até que um dia ela agia *a la* Rúbia. Afinal de contas, o que a amiga tinha feito na noite anterior era, nada mais, nada menos, que uma influência das atitudes da própria Rúbia. Alicia, em completa consciência, não faria tudo o que fez. – Não vai perguntar o porquê de eu querer tanto falar com você?

– Hum… Diga! – Ela se mantinha séria.

– Eu vi Dalila e te juro que não era assombração.

– O quê??? – Alicia parou de caminhar e tentou recompor os pensamentos. Devia estar tão fora de si que ouvira coisas demais.

– Eu vi Da-li-la! A viúva de Aimon. Quer dizer, a mulher de Ai… Sei lá como devo chamá-la a partir de agora!

– Dalila Gonzalez? Do que você está falando?

ᔥ

Ela se sentia estranhamente segura sentada em frente ao homem que havia conhecido só há alguns segundos. Cabelos louros, lisos e bagunçados, sorriso largo, olhos cor de mel, calça jeans e camisa verde despojada. Thierry irradiava simpatia unida a um jeito desajeitado, mas todo especial.

No restaurante do hotel Vila Kalaa, os dois saboreavam um *Rior Me Labibme* – pepino com coalhada, hortelã e alho. Exótico, mas convidativo. O prato tinha sido, claro, uma sugestão do francês. Ele havia assegurado que Beatriz não estranharia tanto assim, e acertou!

– Sabia que você iria gostar. – Ele descansou os talheres sobre o prato e forçou-se a engolir a comida com rapidez. – Já provei diversos pratos por aqui, mas esse foi o melhor.

Beatriz retirou o guardanapo que havia posto sobre o colo e limpou os lábios antes de responder:

– Diferente, mas delicioso. – Um sorriso havia em seu rosto. – Quando eu não souber o que pedir, vendo um cardápio árabe que mais parece letras embaralhas, vou me lembrar desse nome: *Rior Me Labibme*.

– Tenho uma ótima notícia para lhe dar. Embora não sejam todos, muitos restaurantes daqui trazem cardápio com tradução em francês também. É quase uma segunda língua por aqui, você vai se dar bem!

Beatriz respirou aliviada e surpresa com a informação.

O ambiente trazia o típico som de lugares gourmet. O barulho do encontro de talheres, murmurinhos e, ao fundo, o som da TV que exibia as últimas notícias em um telejornal da região. Thierry vidrou-se na tela. Como de costume, o jornalista passou a reparar detalhadamente a atuação dos repórteres. Distraía-se analisando a forma como cada tema era abordado.

– Gosta disso? – Beatriz o interrompeu.

– Disso o quê?

– Disso! – Ela entortou a cabeça levemente em direção à TV.

– Ah, sim. Paixonite, eu diria. Dessas que começam bem cedo...

– Hum... – Ela sentiu-se meio perdida de repente, sem saber como prosseguir. Segurou na taça de vinho e saboreou-o por um momento.

– Gosta disso? – Foi a vez dele.

– Disso o quê?

E então foi Thierry quem inclinou a cabeça mostrando o vinho, com o esboço de um sorriso.

– Quem não gosta? – Ela sorriu apoiando os cotovelos sobre a mesa e unindo as mãos na altura do rosto.

– O que te trouxe aqui, Beatriz?

Sentiu-se fervilhar por dentro. Não poderia contar toda a verdade para quem acabara de conhecer.

– Esperança... esperança de dias melhores – ela respondeu rápido e lançou o olhar desconcertado sobre a mesa em busca do celular. Olharia para a tela do aparelho, conferiria as horas e encontraria uma forma de voltar para o quarto.

– Está tarde... – Ela soltou depressa.

– Também foi a esperança que me trouxe aqui. – Thierry praticamente desprezou a pressa que ela havia manifestado, pois queria conversar.

Ela ergueu os olhos e o encarou sem entender.

– Minha vinda aqui é profissional, Beatriz. Estava farto da minha vidinha comum de repórter, uma pautinha aqui, outra lá e pronto, dia cumprido. Bem, eu acho que sou capaz de muito mais.

– Mas não era paixonite?

– Continua sendo e sempre será, mas quero voltar para Paris com uma pitada a mais de incentivo. Vim para provar ao meu chefe que posso ser editor fotográfico do caderno de Cultura Estrangeira. – Ele passou as mãos em meio aos cabelos sedosos. – *Correio Parisiense*, conhece? É lá que trabalho.

– Um grande jornal! Meus parabéns! – Mais um gole de vinho para relaxar. – E o que você precisa levar para seu chefe?

– Uma foto que diga muito mais que uma reportagem inteira.

Ela torceu o nariz o desencorajando.

– Hein! Não subestime o titio aqui! – Thierry não perdia nunca o jogo de cintura.

– Que imagem diria mais que uma reportagem inteira? – ela o desafiou arqueando uma das sobrancelhas.

– É... Eu ainda não sei, mas te convido a procurar uma comigo amanhã de manhã.

Ela inclinou a cabeça acariciando o queixo com delicadeza. Não era má ideia apreciar Rabat pelos olhos de um jornalista, afinal, ela precisava conhecer aquela cidade de ponta a ponta, reparar cada rosto em busca daquele que lhe importava mais que tudo.

– Fechado! – Beatriz estendeu o braço direito sobre a mesa e esperou o aperto de mão que logo viria.

Parada no meio da rua e espantada com o que acabara de ouvir, Alicia pediu para que Rúbia explicasse tudo muito bem.

– Falo a verdade! No aeroporto de Buenos Aires, onde peguei meu voo de volta para casa, deparei com ela em um dos guichês. In-con-fun-dí-vel, Alicia!

– Você viu coisas demais!

– Claro que não! Era ela. O rosto, os olhos, o cabelo... tudo, tudo igual à mulher do ricão. Escute, eu não sei o que ela fazia em Buenos Aires, mas partiu para longe. Obviamente, devia ter passado rápido pela Argentina para que ninguém a visse.

Alicia passou a mão na testa e sentiu sua transpiração.

– Alguma coisa está errada! Se realmente era ela, por que se arriscaria tanto vindo para cá, na cidade do marido?

– Não sei, não sei... Mas, olha, eu a segui até entrar no toalete do aeroporto. Enquanto lavava o rosto, ela deixou a bolsa e um folheto do lado da pia. Quando foi embora, esqueceu a papelada. Guarda bem o nome: Vila Kalaa, em Rabat. Era esse o nome do hotel estampado no folheto.

Alicia não conseguia digerir as informações, sentia-se confusa diante da loucura que havia acabado de ouvir. Seria verdade que a mulher venerada por Aimon ainda estava viva? Ainda respirava, mas o rejeitava? Se tudo aquilo se comprovasse, Dalila era a mais injusta das mulheres. Por que abandonaria um homem incrível de forma tão trágica? Por qual motivo o faria sofrer tanto? E se ela voltasse? Todas as chances de um dia ter o carinho de Aimon se dissipariam? Sentiu um desejo imenso de correr de volta para aquela mansão e conquistá-lo enquanto houvesse tempo...

CAPÍTULO CINCO

Da janela do ônibus Beatriz observava Rabat em movimento, por seus olhos passavam as típicas construções árabes com suas paredes tão bem trabalhadas e janelas arquitetadas com topos pontiagudos. Em meio à predominância da cor branca em todos os monumentos da cidade, as mulheres de rosto coberto exibiam lenços coloridos enquanto desfilavam pelas ruas. Irradiavam beleza mesmo tendo os traços escondidos por finos tecidos. Tudo isso unido ao conforto de estar passando por avenidas largas e muito bem limpas.

Thierry estava acomodado ao lado dela e ajeitava as lentes de sua câmera fotográfica. Como prometido, havia elegido Beatriz para acompanhá-lo naquela manhã. Poderia ela ser um amuleto da sorte que lhe entregaria a chance de, enfim, fazer a foto da sua vida. Sem contar que ela parecia uma companhia perfeita.

– É tudo muito encantador! – ela murmurou para si mesma.

O jornalista percebeu que a frase não passava de uma confissão feita no mundo particular da bela mulher, no entanto, decidiu fazer-se presente.

– Existem coisas maravilhosas por aqui. Você tem muito a conhecer ainda!

Ela deixou de reparar a cidade que passava do lado de fora para olhar Tierry, que estava com um sorriso contagiante.

– Ouvi falar das praias. Disseram que são esplêndidas.

– Esplêndidas? São muito mais que isso. Um perfeito oásis de água salgada. Só a beleza das areias douradas parece nos tirar todo o estresse.

Beatriz franziu a testa ainda mantendo o sorriso.

– É até estranho ouvir você dizer sobre estresse. Julguei-o tão despreocupado com o mundo!

– Ainda bem que é a primeira impressão que fica. – Ele gargalhou se sentindo orgulhoso por parecer tranquilo. – Mas é impossível não se estressar sendo jornalista; sofremos de NPCD. – Soltou um riso cínico já esperando a pergunta que ela lançaria.

– O que é isso? – Direta e segura, não temeu ser debochada por não conhecer o termo.

– "Nossa Pressão de Cada Dia"! Legal, não é? Acabei de inventar.

Ela balançou a cabeça em sinal de desaprovação, mas querendo rir do jeito extrovertido que ele esbanjava. No mesmo instante, o ônibus parou em um ponto. Quase a metade dos passageiros desceu, porém Thierry e Beatriz prosseguiram.

– Aonde estamos indo afinal? – ela perguntou curiosa.

– Para uma aventura irresistível. – Thierry sorriu com o canto dos lábios.

Instigada, ela torceu os lábios, não gostava de se sentir insegura.

– Não se preocupe, morena. Não sairemos de Rabat – garantiu-lhe Thierry dando uma piscadela. – Por que não me fala mais sobre você enquanto isso?

– Não há muito o que dizer – mentiu, desviando-lhe os olhos. – Sei que sempre há o que dizer de nós mesmos, mas não ando tendo grandes eventos em minha vida. Têm anos que sou uma bióloga solta pelo universo em busca dos novos desafios que nunca chegam.

– Ser uma bióloga já é uma grande coisa, não se pode resumir isso a nada. Diga-me quais trabalhos tem feito na área.

– Estava começando uma pesquisa quando vim para cá. Iria estudar alguns fungos coletados na Amazônia brasileira, mas abandonei tudo. Preciso rever algumas coisas na minha vida.

– Quando diz, "rever algumas coisas em minha vida", teria algo a ver com um amor perdido?

Beatriz sentiu-se despertar para a realidade e lançou um olhar de cobrança.

– Estamos indo realmente para um bom lugar ou estou em uma espécie de TV Show ambulante?

– Seja bem-vinda ao nosso programa! A boa notícia é que o jornalista é um cara legal. – Ele abriu os braços como que apresentando o lugar em que estavam, mas percebendo que não havia animado a moça, resolveu aquietar-se. – Desculpe-me, bela morena.

Beatriz ainda ostentava o olhar surpreso quando Thierry aproximou de sua bochecha e deu-lhe um beijo afetuoso como um pedido de desculpas.

Embora ela tenha se assustado com o gesto, estava gostando cada vez mais de estar ao lado de alguém tão extrovertido. Era bom se sentir em casa quando se está tão longe dela!

— Bem, é aqui. Vamos descer — anunciou Thierry, segurando a mochila.

A porta se abriu para que os dois descessem em frente à Medina — toda a cidade antiga de Rabat estava escondida detrás de uma muralha esplendorosa. Ali dentro a agitação era certa. Em meio a ruelas tão estreitas, comerciantes circulavam freneticamente exibindo seus produtos e lutando para conseguir lucro.

Ouvindo a porta do ônibus que agora se fechava em suas costas, Beatriz percebeu que era preciso mergulhar corajosamente no fluxo. Notando o espanto dela, Thierry não perdeu a oportunidade de provocá-la:

— Não sofre de claustrofobia, sofre?

— Bom, eu acho que nunca tive oportunidade de testar. Veremos...

Ele riu deliciosamente.

— É só não me perder de vista. Sei me virar muito bem aí dentro. — Ele rodou sobre os calcanhares e murmurou desconfiado para si mesmo: — Veremos.

É fácil se perder em uma Medina, é um labirinto a ser explorado, mas estar ali significa imergir completamente na cultura marroquina. Até mesmo o aroma daquele lugar é ímpar.

Prepararam-se para o primeiro passo à dentro, o qual foi interrompido pelos poucos burricos que, com os lombos cheios de mercadorias, passavam cansados diante deles. Atrás dos animais, já na entrada da Medina, Beatriz visualizou dezenas de comerciantes histéricos, gritando incansavelmente o que parecia ser a oferta de seus produtos.

Thierry entrou na ruela puxando Beatriz pelas mãos.

— Venha cá! Se perceber a possibilidade de um flash memorável me avise. — Ele sorriu.

Beatriz fez que sim com a cabeça, quando, na verdade, seus pensamentos estavam totalmente voltados na possibilidade de encontrar seu filho em meio àquela multidão.

A caminho da empresa, Aimon ainda tinha a sensação de estar com todos os ossos de seu corpo arrebentados. Havia despertado daquela maneira na manhã de segunda-feira e estressou-se com a situação. Como poderia estar quebrado logo cedo?

Ele tinha deixado para trás a casa bagunçada, com peças de roupa fora do lugar, louças sujas sobre a pia e chão empoeirado. Ted também havia feito a festa no quintal. Continuaria assim pelo menos até a tarde do próximo dia, já que a faxineira havia pedido uma folga. Bem por isso o empresário sentiu-se terrivelmente péssimo na própria casa, pois o ambiente não estava mais tão confortável. Não dava um jeito na desordem, mas odiava estar em um lugar como aquele. E então, pela primeira vez depois de tanto tempo, agradecia por estar indo para a empresa.

Já dentro do estacionamento, desligou o carro sob a sombra de uma tenda, pegou a bolsa do notebook e partiu em direção ao escritório. No trajeto, lembrou-se dos *croquis* de Alicia. Deveria trazer uma resposta a respeito deles, mas se esquecera. Teve a sensação de que a vida estava completamente desorganizada. Definitivamente, ele não era o mesmo de anos atrás. Nunca aprovou a ideia de não cumprir prazos e deixar funcionários sem uma resposta, bem por isso, não sabia qual atitude tomaria. Se Alicia estava uma pilha com ele, essa seria mais uma oportunidade para que ela o reprovasse.

Ele estava tão vulnerável à vida que havia se esquecido de que era ele o chefe, portanto, de maneira alguma Alicia lhe daria ordens ou o criticaria descaradamente.

– Bom dia, senhor. – A recepcionista foi a primeira a conversar com ele. – Os jornais desta manhã já chegaram se o senhor quis...

– Obrigado! – A resposta foi curta. Não se interessou pelos impressos, e nem permitiu que a moça continuasse a falar. Péssimo humor, mais um dia.

– Aimon! – Ele ouviu agora outra voz feminina em suas costas. Parecia doce e feliz. – Trouxe para você. – Era Alicia trazendo um copo de cappuccino quentinho.

Ele se virou, meio atordoado.

– Ah, obrigado.

Por sorte, não rejeitou a bebida.

– Cuidado, pode estar bem quente – ela avisou com um sorriso.

Ele estava bastante surpreso. Aquela mulher não desistiria nunca? Não era fácil desestimulá-la.

Ficaram parados olhando um para o outro por alguns segundos. Alicia segurava a bolsa na frente do corpo e continuava sorrindo à espera de alguma reação. Sentiu o coração pular. Se deu conta, de repente, de como estava se entregando àquele homem. Já não conseguia ficar nem um dia sem falar com Aimon. O jeito bruto dele começava até a provocá-la. Queria a chance de torná-lo manso perto dela. Era um desafio.

– Como tem passado? – Ela resolveu interromper o silêncio.

– Bem... – Aimon respondeu, mas estava com os pensamentos totalmente bagunçados. De uma forma bem engraçada, aquela mulher estava começando a tirá-lo do eixo. Era o jogo do quero e não quero. Não se permitia preencher o espaço que era só de Dalila, mas via-se seduzido às vezes. Era a primeira vez que deixava uma mulher tomar conta do jogo, pois das outras vezes era sempre ele quem ditava as regras na conquista.

Alicia percebeu que ele estava com o olhar parado, quase em transe. Queria saber exatamente o que passava na mente dele, mas teria que ficar só na imaginação.

– Bom, que o cappuccino possa te revigorar, pois tudo que desejo é que tenha não só este dia, mas a vida mais leve! – ela respondeu e saiu deixando um aroma deliciosamente feminino no ar, queria deixá-lo pensando no perfume dela o resto do dia.

O cheiro e as palavras o estremeceram por dentro... E porque não conseguiria parar de pensar nela, decidiu só sair de sua sala quando terminasse de avaliar os *croquis* da estilista.

Já Alicia entrou em sua sala mais inspirada do que nunca. Ligou o computador e se sentou em frente à sua mesa. Por alguns segundos, ficou ali pensando em Aimon. Foi bom tê-lo visto logo pela manhã. Ela ainda se orgulhou por ter pensado rápido e entregado seu cappuccino a ele. Tinha comprado no Gourmet, a casa de café instalada dentro da empresa, a bebida era dela, mas por sorte não tinha nem experimentado e, assim, pôde agradar o empresário. Ela acabou ficando com o café preto servido pela copeira.

Abriu a caixa de e-mails e percebeu que teria um longo dia. Dezenas de mensagens estavam à espera de uma solução, mas ela gostava de tudo aquilo, da correria diária que a Gonzalez Vesti a proporcionava. Estava bem resolvida profissionalmente, pensou. Mas ainda faltava um amor correspondido para torná-la completa na vida pessoal também.

– Não vai parar de pensar nele? – ela se cobrou, em voz alta. – Bem, vamos começar logo esse dia. – Ao direcionar o mouse para abrir o primeiro e-mail, ela foi surpreendida pelo chamado de Rúbia no bate-papo da rede social.

– Bom dia, minha linda! Precisamos conversar. – Escreveu a amiga.

– Nem era para eu ter aberto isso – reclamou Alicia para si mesma por ter acessado a rede.

– Andei pensando sobre você e Aimon – continuava Rúbia, digitando.

A estilista começou a se desesperar. Não podia escrever sobre os dois em um bate-papo na internet. Não era seguro, mesmo em uma conversa privada. Resolveu alertar a amiga:

– Depois conversamos, é melhor.

– Deixa disso! Vai perder mais tempo? Tenho ótimas ideias para vocês. Trate de agendar uns dias de férias!

– Do que você está falando?

– Que você vai levar seu queridinho até Dalila!

Alicia não parava de murmurar sozinha. Resolveu desconsiderar a proposta absurda que ela acabava de ler. Rúbia estava perdida!

– Meu Deus! Você está realmente louca. Depois conversamos. – Digitou em resposta e voltou para a caixa de e-mails.

De repente, percebeu que estava com as pernas bambas. As ideias de Rúbia eram sempre ousadas e arriscadas demais.

Abriu o primeiro e-mail. Era do cliente mais respeitado da Gonzalez Vesti. Pedia algumas fotos de sua loja no novo catálogo de tendências da marca. Alicia tentou se concentrar, mas foi impossível. Logo ao lado direito da tela de seu computador apontou uma janela. Rúbia continuava digitando:

– Quando ele descobrir que tudo é uma farsa, ela deixará de ser a amante inesquecível...

A possibilidade real de, enfim, afastar o fantasma de Dalila começava a atormentar o coração de Alicia. Involuntariamente, as pernas começaram a chacoalhar e, os dedos, a perambular sobre a mesa. Rúbia estava conseguindo bagunçar os pensamentos dela. Até que não suportou a curiosidade.

– Como é exatamente a sua ideia?

– Simples, você sabe muito bem onde Dalila está. A cidade, o hotel, tudo! Só tem que levar Aimon até lá.

– Você só pode estar brincando! Não tem nada de simples aí. – Alicia apoiou o cotovelo na mesa e colocou o queixo sobre a mão. Estava incrédula.

– Invista nisso, minha querida. Resgate suas economias, convide-o para a viagem e faça a reserva no hotel. De lá, será mais fácil pensar em como colocar os dois frente a frente. Pense nisso, mas pense logo! Beijos.

Alicia ficou por alguns segundos com os olhos vidrados na tela do computador. Atordoada. Tudo parecia uma loucura, mas tinha chance de dar certo! No entanto, como poderia convidá-lo para uma viagem? Tão preso ao passado, não desejaria nunca viajar com ela!

Agitada, abriu o site de pesquisas na internet. Digitou "Vila Kalaa". Aquele nome estava batendo em sua mente desde o dia em que, acidentalmente, Rúbia contou ter "encontrado" o folheto do hotel no toalete do aeroporto. A página se abriu e a primeira imagem captada foi a logomarca tão marcante de três palmeiras esfumaçadas.

– Então você está aí, Dalila! – ela sussurrou, sem perceber. Estava pensando alto. – O hotel não parece tão requintando para hospedar uma grã-fina – concluiu.

Seria este mais um dos desafios para levar Aimon até lá? Certamente, ele estava acostumado com hotéis cinco estrelas, bem diferentes daquele que ela observava pela tela do computador.

– Hum... Localizado no centro de Rabat... – Alicia começava a buscar bons motivos para justificar sua escolha pelo hotel.

Acessou a área de preços e como havia imaginado se assustou com o valor da diária. Podia não ser cinco estrelas e esbanjar luxo, mas a localização o valorizava.

Alicia colocou as mãos na cabeça e se perguntou até onde iria por esse amor. Chegou a se questionar se estava certa em se esforçar tanto. Se isso não trouxesse resultado algum, ficaria sem o empresário e sem dinheiro. Seus pensamentos foram interrompidos pelo tocar do telefone. Levou um susto.

– Senhorita Alicia? – Ouviu a voz da secretária no outro lado da linha. – O senhor Aimon solicita imediatamente sua presença na sala dele.

Ficou atônita. O que significava aquele chamado? O que ele a pediria para fazer? Sentiu que seu trabalho não renderia naquele dia. Pegou seu caderno de anotações, caneta e sua bolsa tiracolo. Inquieta, saiu no corredor. Respirou fundo e chamou o elevador para o 23º andar, até Aimon. Depois de desperdiçar preciosos 20 minutos na sala de espera, Alicia foi chamada à sala do chefe para ser atormentada com a pergunta:

– Por quanto tempo, exatamente, você se dedicou a esses *croquis*? – De frente com a estilista, Aimon estava do outro lado da mesa, em pé. Sem expressão, ficava difícil interpretar as intenções do empresário.

– Eu gosto de desenhar à noite. É quando minha mente se sente mais preparada para jogar as ideias no papel. – Ela ainda processava a pergunta do empresário. Estava perdida diante do interrogatório. Onde ele queria chegar, afinal? – Bom, eu devo ter terminado a produção deles em 20 dias, mas foram meses buscando inspiração.

Aimon se sentou. Folheou os desenhos mais uma vez e ficou pensando na resposta de Alicia.

– Vinte dias para isso? – Ele soltou.

Ela estava mais atordoada do que nunca. Era praticamente impossível estar lúcida quando se estava rodeada do perfume de Aimon! Aquele cheiro estava impregnado em toda sala. Tinha a sensação de que até mesmo as paredes exalavam aquele aroma amadeirado, provocador.

O empresário parou para observá-la por alguns instantes. "Ela não iria reagir nunca?", questionou-se. Não era nada fácil provocá-la. Olhou para a estilista e se sentiu embebido em carinho por aquela mulher. Ela estava sentada elegantemente com as pernas cruzadas, bem torneadas e envolvidas pela saia lápis de cor preta. O caderno de anotações descansava acomodado sobre o colo enquanto ela segurava uma caneta na mão, ávida para escrever um parecer positivo do chefe, louca para ouvir a aprovação dos *croquis*. A outra mão permanecia sobre a mesa de vidro, suando de ansiedade. Foi nela que Aimon segurou.

– Alicia... – A voz se tornou suave, acolhedora. Ele sorriu com o canto dos lábios antes de continuar. – Não quero te assustar mais. Pensei que seria fácil te desestabilizar, mas isso é impossível!

De que maneira realmente ele queria desestabilizá-la? A vida dela já tinha virado aos avessos por conta dele.

– Na verdade, eu te chamei aqui porque estou positivamente surpreso com o seu trabalho. Ele está maravilhoso! Olhando seus desenhos tenho a sensação de que você modernizou os *looks* dos anos 30 sem tirar nada do encanto desse período. Perfeito! – ele suspirou, realizado. – Estou apostando em sua coleção. Tenho certeza que vai contribuir, e muito, para elevar o lucro da Gonzalez Vesti. O departamento financeiro que estava me pressionando vai adorar isso. E claro, eu também. – Ele riu, deliciosamente. De repente Alicia estava ouvindo pela primeira vez o som daquele riso calado há anos.

Não importava se era por motivos profissionais que ela o fazia rir, o que a satisfazia era saber que, aquele efeito delicioso, tinha sido provocado por ela. E se os *croquis* eram os responsáveis por ela sentir o toque das mãos dele nas suas, ela tinha mais é que agradecer por ter sido presenteada com toda aquela criatividade para a nova coleção.

– Se te surpreendi com os resultados, merecemos uma comemoração. Que tal um happy hour?

– Hoje? – Ele fechou o cenho. Era seu dia de terapia, se lembrou.

– Por favor, Aimon, não me negue esse convite. – Foi uma súplica, embriagada de ternura.

E porque ela havia aprendido a tocar seu coração, ele disse sim.

❧

– Beatriz! Está tudo bem? – Thierry questionou sorrindo.

Ela estava parada em frente à porta de uma lojinha de roupas, na Medina. Dezenas de lenços de musseline estavam pendurados ali. Beatriz estava encantada, parecia uma criança diante de um brinquedo.

– Eu estava me lembrando da minha infância – disse ela, como que hipnotizada diante dos tecidos. – Adorava me imaginar como uma dançarina do ventre. As meninas da minha idade admiravam o balé, mas eu me encantava com a dança muçulmana. Parece que, de repente, eu vim parar no lugar certo.

– E chegou a aprender a dança? – Thierry se interessou.

– Tive algumas aulas bobas, mas nada demais.

– Se fala assim é porque sabe muito! – Ele a motivou querendo ouvir um "sim". Seria mágico vê-la dançar, imaginou.

Ela riu despertando da hipnose e olhou para ele, envergonhada.

– Na verdade, eu vi o quanto sou desajeitada para a dança. Se me colocassem em uma aula de boxe eu iria muito bem, mas na dança, só tenho vontade. – Dessa vez, ela gargalhou da própria desgraça.

– Ora, ora! Aposto que não! Vamos, lá! Coloque um lenço sobre o rosto para eu ver como você fica.

Thierry só incentivou um desejo que já estava ardendo dentro de Beatriz. Aqueles lenços eram esplêndidos, especiais, confeccionados da maneira mais original. Eram realmente frutos da cultura daquele lugar e por isso teriam mais valor do que qualquer outro.

Olhou atenta para cada um deles e se encantou com um cor-de-rosa com barrado dourado. Era meigo e, ao mesmo tempo, poderoso. Envolveu-o em seu rosto, deixando apenas os olhos aparecendo.

– Linda! – Thierry sussurrou. E quase que sem ela perceber, mais ágil que nunca, ele ergueu a máquina fotográfica e soltou um flash.

– Thierry! – ela gritou. – Você me pegou de surpresa! Não gosto de fotos.

Foi no mesmo momento que eles ouviram uma voz raivosa resmungando atrás deles. Estava ali o dono da loja com sua barba se mexendo para cima e para baixo enquanto dizia dezenas de palavras incompreensíveis e gesticulava alvoroçado.

Beatriz e Thierry se entreolharam rindo.

– Estamos encrencados! – confessou o fotógrafo. Segurou-a pelo braço e saiu correndo em disparada. Beatriz jogou o lenço no chão, na porta da loja enquanto o acompanhava rindo.

– Você é maluco! – ela gritou, correndo. – Deveria saber que não se pode tirar foto dentro dessas lojas.

Ele gritou mais alto ainda:

– Nunca se deve perguntar se pode tirar uma foto. Antes, tire-a e assim garante a cena! – Gargalhou. – Fique tranquila! Estou te levando de volta para o ônibus e ninguém vai te matar por isso.

※

A tarde caía, e de dentro de sua sala, Alicia percebia as gotas de chuva que começavam a respingar pela janela do escritório. Uma gota aqui, outra lá, já indicava a noite chuvosa que faria. Se não fosse o infortúnio de ter esquecido o guarda-chuva em casa, ela estaria comemorando o clima aconchegante. Adorava frio e chuva.

Olhando para o relógio de pulso, perguntou-se para onde Aimon a levaria. Ele havia prometido um happy hour incrível, mas se negou a contar os detalhes. Alicia se sentiu realizada por esta iniciativa. Estaria vencendo o desafio de conquistá-lo?

Pegou a bolsa que estava pendurada em sua cadeira, o celular e a chave do carro. Deixou o escritório e foi em direção ao estacionamento da empresa. Aimon já a aguardava. Encostado na porta do Lamborghini, com os braços cruzados, o homem de negócios parecia posar para uma capa de revista. Estava elegantemente lindo, Alicia julgou. Qual mulher não gostaria de ter um homem poderoso e, ao mesmo tempo, sensível ao seu lado? Era uma garota de sorte, concluiu.

– Venha logo se não quiser se molhar. A chuva está ameaçando despencar! – Ele sorriu, animado.

Alicia apertou os passos em direção a ele.

– Não devo pegar meu carro? – ela perguntou, confusa.

– Hoje iremos com o meu. Deixe o seu aqui e amanhã te trago na empresa – disse ele enquanto caminhava em direção à porta do motorista.

Tudo devia ser um sonho! Aimon se oferecia para trazê-la no outro dia? Ela decidiu não questionar. Abriu a porta do carro e se sentou.

Em questão de segundos, as nuvens carregadas despencaram de vez. O carro foi ligado e o para-brisa também.

– Essa foi por pouco! Mais um segundo e eu nem teria condição de entrar em seu carro de tão molhada. – Alicia soltou, sorridente. – E então, para onde está me levando?

– Está perto daqui, mas tenho certeza que irá adorar.

– Devo fechar os olhos até lá?

Era evidente que Alicia esperava ser surpreendida e viver a magia dos belíssimos romances. No entanto, Aimon se preocupava diante de todo aquele envolvimento. Ainda se perguntava se seria capaz de se apaixonar novamente, entregar-se ao amor como antes e fazer uma mulher feliz de verdade! Acreditava que toda amargura existente dentro dele esses anos todos o tinha feito mais ácido, tinha certeza que não sabia mais como presentear uma bela mulher. E, por isso, ele escolheu apenas rir em resposta.

– Já fechei. – Ele ouviu. Parecia que ela o faria reaprender todas as táticas de um flerte. Que encanto ela era, afinal!

Diante daquilo ele se sentiu na obrigação de levá-la a um lugar incrível. Não queria decepcioná-la. Mudou o rumo na mesma hora. Deixou de lado o pub Casa Amarillo que não teria nada de novidade e estacionou em frente à doceria Rosalinda.

– Chegamos, Alicia. Pode abrir os olhos.

Ansiosa, ela virou o rosto em direção à calçada e se deparou com o delicioso lugar.

– Como soube?

– Soube o quê?

– Que sou apaixonada por este lugar. Obrigada! – Em agradecimento, lascou-lhe um beijo estalado no rosto.

Aimon riu baixinho. Acertara sem querer. Talvez, por dentro, não fosse tão preto e branco como julgava.

A chuva continuava caindo sem interrupção. O frio, como já era de se esperar, havia chegado junto com ela.

– Espere um segundo, Alicia. Vou abrir a porta para você.

O coração dela já parecia transbordar de felicidade. Estava sendo alimentado de boas esperanças. Aimon começava a ficar mais doce do que nunca.

Quando o carro foi aberto, a chuva pareceu apertar ainda mais. Ele tirou o casaco de couro e colocou sobre as costas dela. Queria protegê-la. Envolveu os ombros dela em seus braços e a levou para a porta da doceria.

Tão perto um do outro, Alicia queria largar tudo e beijá-lo ali mesmo. Deixar a chuva escorrer entre os rostos colados e molhar o beijo enlouquecido. Queria, só queria, porque tudo ficaria jogado dentro de seus pensamentos.

Aimon abriu a porta da doceria e um pequeno sino preso à maçaneta se chacoalhou chamando a atendente. Era um lugar acolhedor, com ares de antiguidade. Tudo muito simples, mas com vitrines que exibiam os doces mais saborosos, daqueles que só a avó sabe fazer. Repleto de carinho e anos de tradição, o lugar cheirava chocolates.

Eles se acomodaram à mesa. Aimon pediu uma taça de vinho para se esquentar e Alicia uma torta de maçã cheia de canela. Enquanto eram servidos, a estilista encarava o empresário com tanto carinho que parecia acariciá-lo.

– Não é tão difícil fazer uma mulher feliz, não é mesmo? – Aimon brincou, provando sua bebida. – Uma casa de doces pode satisfazê-la.

– Tem toda razão! Nada como uma dose de açúcar no fim do dia para acalmar os ânimos. Não imaginei que me traria aqui. Estava esperando uma cerveja em algum pub da redondeza. – Ela cortou um pedaço da torta. – Mas foi uma decisão sensata – gracejou.

– A cerveja seria para mim, o doce para você. Portanto, já que a comemoração se deve aos seus resultados positivos, nada mais justo do que fazer a sua vontade.

— Muito obrigada, Aimon. — Mordiscou um pedaço da torta. — Huuum. Está uma delícia. Quer provar?

— Não me parece uma má ideia.

Sem pensar duas vezes, Alicia colocou um pedaço do doce sobre a colher e a levou até a boca de seu acompanhante. Como era de se esperar, ele hesitou. Primeiro sorriu desajeitado para só então aceitar o gesto e experimentar a torta.

— Está realmente uma delícia — ele confessou, deliciando-se.

Alicia continuou saboreando seu prato enquanto o ouvia falar:

— Você me fez desistir da sessão de terapia hoje... Na verdade, eu nem sei porque aceitei agendar horários semanais para contar minhas lamúrias.

A estilista parou por um momento e acarinhou as mãos de Aimon.

— É claro que você sabe. — Ela era carinhosa nas palavras. — Você foi homem suficiente para aceitar buscar ajuda. Não deve se sentir fraco por isso. — Encorajou-o. Parecia uma vidente acertando o que o atormentava.

— Nem sei se todo este meu esforço valerá alguma coisa. Olhe para mim, Alicia. Tenho uma mulher belíssima em minha frente e não consigo fazê-la feliz, não consigo aceitá-la em meu coração.

Ela abaixou a cabeça. A torta parecia ter virado um bolo mal digerido em seu estômago.

— Desculpe-me. — Aimon percebeu o que havia provocado. — Ser tão sincero não é um bom remédio. — Ele ergueu o rosto dela com as mãos. — Desculpe-me. O que menos quero é te magoar. Você tem me feito perceber o quão especial você é. Já sinto um carinho imenso por você, mas caso se sinta cansada, saiba que você está livre para buscar sua felicidade de verdade.

Ter o carinho dele era muita coisa, mas não o bastante, ela concluiu. Quase que real, insistentemente forte, as palavras digitadas por Rúbia ganharam voz dentro dela:

"Simples: você sabe muito bem onde Dalila está. A cidade, o hotel, tudo! Só tem que levar Aimon até lá."

Não poderia perder aquele homem por uma mulher que se fazia de morta. Acima de tudo, não era justo deixá-lo sofrer por alguém que não o merecia.

— Você me trouxe aqui para dizer que estou livre? — destemida, ela se arriscou. — Não pode ter tido todo este cuidado comigo só para dizer que está me deixando partir...

— Alicia, eu... — A voz saiu apertada.

— Eu nunca estive presa para de repente estar livre. Estar perto de você é a melhor das liberdades. Saiba que eu vou desistir, Aimon. Vou sim. Mas não sem antes ter uma última chance. Uma última oportunidade para mostrar o que é realmente estar do meu lado. Só então, eu vou partir, como me pede.

— Alicia, eu não estou pedindo para você...

— Aimon! — Ela não o deixava sequer terminar uma frase. — Você mexeu tanto comigo que eu só penso em ter você por perto, mais nada. Eu quero te tirar dessa agonia. Quero te fazer esquecer de tudo e só me observar por um tempo... Por favor, não me negue.

Ele já estava atordoado diante de tudo aquilo. Feri-la era a última coisa que queria.

— Quero viajar com você, Aimon. E é para um lugar inusitado, longe de tudo. Quero te levar para Rabat, no Marrocos. E é para daqui a cinco dias. Garanto a você que esta viagem pode te livrar das terapias para sempre.

Ele deixou o queixo cair. Alicia parecia muito segura e destemida, ele concluiu.

— Você... você está me fazendo uma proposta inesperada.

Ela segurou novamente na mão dele, com firmeza, antes de argumentar:

— É a minha última chance. Não me negue. É injusto deixar-me partir sem ela.

Ele balançou a cabeça, incrédulo.

— Você deve estar realmente apaixonada, Alicia. Nunca nenhuma mulher foi tão franca comigo como você está sendo.

— Aimon, eu ainda espero a sua resposta. — Ela foi fria, mas se sentia com o coração humilhado e despedaçado.

— É claro que eu te dou esta última chance! Você é uma mulher incrível!

Alicia suspirou aliviada, mas quase sem acreditar. Não achava que seria tão fácil. Aliás, nem ele. Aimon estava surpreendido também. Havia aceitado o convite sem pestanejar.

— Acho que o maior problema agora será conseguir convencer meu chefe a me conceder férias tão em cima da hora. — Ela quebrou o clima de tensão.

— É só dizer a ele que você irá se inspirar na cultura árabe para criar uma nova coleção de sucesso.

Os risos deliciosos selaram mais uma conquista de Alicia.

CAPÍTULO SEIS

A cabeça de Alicia estava tomada por um turbilhão de pensamentos. Era uma mistura de incerteza, curiosidade e planos. Temia sobre a reação de Aimon ao reencontrar sua esposa. Sabia que qualquer história que Dalila contasse seria boa o suficiente para arrancar o empresário de seu mundo, pois os laços construídos no passado eram muito mais fortes que o sentimento que nascia agora entre eles. No entanto, não achava justo com ela mesma viver escondida por uma sombra do passado, se queria uma vida junto a Aimon era bom que encarassem os fatos e descobrissem toda a verdade.

Enquanto borrifava seu perfume predileto e conferia sua imagem no espelho, imaginou o quanto Marrocos poderia influenciar os desenhos para a próxima coleção e, claro, traria para o próprio guarda-roupa tudo que agradasse aos seus olhos.

– Alicia, Aimon acabou de chegar, está esperando lá embaixo. – Carmen encostou o corpo no batente da porta. Estava com a cara amarrada e os braços cruzados.

– Já estou indo, basta calçar os sapatos e pegar minha bolsa. Você pode ir chamando o elevador?

Ela não se mexeu, apenas balançou a cabeça em sinal de negativo.

– O que foi, Carmen? Vamos, desembuche.

– Não acho certo o que está fazendo.

– E o que eu estou fazendo?

– Alicia, você vai viajar sozinha com Aimon! Você não percebe? Isso não dará certo, esse homem pode estar usando você.

– Sim, ele pode. Mas eu estou ciente disso e permito que isso aconteça. Aimon precisa de ajuda, precisa recuperar-se. Todos nós merecemos novas chances de sermos felizes.

— Mas, Alicia, tudo está indo depressa demais! — Carmen estava irritada, agora gesticulava com veemência.

— Desculpe-me, Carmen, por te deixar tão preocupada, mas tente pensar que estou indo apenas por causa da empresa. Inspiração, novos ares... Posso estar buscando a mim mesma também. Ah! E por hora, pare de pensar tanto nisso. Hoje só estou saindo com ele para definirmos os detalhes da viagem.

— Se fossem apenas negócios, não seria uma viagem de casal, não é Alicia? Você não sabe me enganar, sabia? — Carmen agora deixava os olhos encherem-se de lágrimas, a voz tremeu.

Alicia atravessou o cômodo que as separava e abraçou aquela mulher que tanto amava.

— Sabe Carmen, não há aprendizado maior na vida quando erramos. Se acertamos, tudo permanece como está. Posso quebrar a cara, mas sei que ao voltar para casa você estará aqui de braços abertos, me esperando.

— Talvez esse seja o meu erro!

Alicia permanecia abraçada a Carmen e podia ouvir as fungadas que ela dava. Permaneceram ali abraçadas, por um tempo quase infinito. Ainda estava sem sapatos quando o interfone tocou.

— Vá Alicia, Aimon deve estar impaciente. Eu disse que você estava descendo.

Alicia calçou rapidamente um *peep toe* preto que combinava perfeitamente com a roupa escolhida para a ocasião e posicionou a bolsinha preta no ombro. Deu um beijo na bochecha de Carmen e saiu correndo até o corredor. Cruzou os dedos para que o elevador colaborasse e logo encontrasse o homem que a esperava.

A cada dia que Beatriz conhecia os detalhes encantadores de Rabat, ela se sentia mais distante de Ramon e de sua vida na França. Havia colocado seu filho em primeiro lugar. Via-o nas mesquitas, mausoléus, misturado aos turistas, brincando por entre os lenços e tapetes, nas praças e nas feiras.

Desde sua chegada a Marrocos, Beatriz não recebera mais cartas com pistas sobre o paradeiro dele e isso a deixava intrigada. Se queriam realmente que ela encontrasse o filho dariam mais indicações; ou será que estavam brincando com ela? Que garantias ela tinha de que seu filho estava vivo? O que queriam dela? E por que Stéfano? Era tão indefeso...

Sentia saudade de carregá-lo, olhar aqueles traços definidos, a sobrancelha loirinha e os cílios longos, as bochechas rosadas, a tez macia, os lábios pequenos. Não acreditava o quanto o amor poderia saltar fora do peito. Aquele ser minúsculo havia saído dela. Beatriz e Ramon tinham feito um ótimo trabalho.

E ao pensar no filho, sentia tanta falta de Ramon, de seu abraço apertado, os olhos profundos e negros e as palavras acalentadoras. Na época do desaparecimento, Beatriz não aceitava que alguém pudesse estar sofrendo mais do que ela, fechou-se numa concha de medos, ressentimentos e culpas. Stéfano era indefeso e ela falhara como mãe, falhara em protegê-lo. Ramon tentava tirá-la do submundo das mágoas, mostrando novos caminhos para que a felicidade voltasse ao lar. Muitas vezes, ele escondeu seu sofrimento para que Beatriz superasse o dela, chorava no escuro enquanto a fazia sorrir.

Não deixaria de amá-lo, mas não queria que ele carregasse o fardo de viver uma vida de buscas incessantes pelo filho que nem sabiam se realmente estava vivo. Ramon desejava que ela engravidasse novamente, mas ela temia as alterações que poderiam surgir devido à consanguinidade. Estava cansada de se sentir culpada. Reencontrar o filho seria sua missão até que a provassem que ele estava morto.

Thierry estava sendo um ótimo companheiro e estava contando com ele para encontrar um emprego em Rabat. Além da bolsa de estudos em Paris, guardara todo o dinheiro do fruto do trabalho como professora de espanhol nas horas vagas, mas as economias eram poucas, e ela não sabia quanto tempo demoraria em Rabat ou se novas pistas apareceriam e ela teria que se deslocar para outro país novamente. Tinha esperança de que sua língua nativa ou até mesmo o francês – que descobrira ser tão ensinado nas escolas marroquinas – abrisse portas em Rabat. Beatriz não suportava vida fácil, precisava se ocupar.

– Acho que você está preocupada demais – comentou Thierry, enquanto tentavam traduzir os anúncios de emprego no jornal.

– E você é sossegado demais, oras! – disse sarcástica, erguendo os olhos. – Faz tanto tempo que está aqui tirando fotografias e vivendo neste hotel, gastando demais para se manter aqui... Não pensou em ir embora e esquecer essa ideia esquisita de provar sua competência ao seu chefe?

Ele se remexeu na cadeira incomodado, fechou o jornal bruscamente, recolheu todo seu equipamento que estava em cima da mesa jogando-o sem cuidado na mochila. Levantou-se e saiu andando em direção ao corredor de acesso para as suítes. Era hora de deixar Beatriz sozinha, remoendo o que acabara de dizer. Pela primeira vez, Thierry se irritara com ela.

❧

— Nossa! Você está linda, Alicia! — A primeira frase da noite carregava consigo toda a promessa de um Aimon esforçado para agradar e disposto a recomeçar.

— Obrigada — respondeu, com um sorriso doce. — Estou curiosa, para onde vamos?

— Surpresa! — brincou ele, animado. — Tenho certeza que vai gostar.

— Outra? — Ela continuou a brincadeira, animadíssima.

A noite estava perfeita, o céu limpo, sem nuvens escuras que sugerissem uma chuva repentina, o clima ameno convidativo para um vinho, casais que passeavam despreocupados de mãos dadas.

E nada mais clássico que um show de tango com um caso de amor trágico, emoções à flor da pele e a sensualidade contida. Aimon escolhera a casa mais tradicional de Buenos Aires. Muitos pedidos de casamento eram feitos ali. A atmosfera era romântica, as velas acesas nas mesas combinavam com a meia luz do ambiente, o cardápio era variado e o mais famoso bife de chorizo era servido. Mas, o que mais atraía os argentinos era, sem dúvida, a perfeição dos movimentos e da interpretação do sofrimento nos dançarinos de tango.

— Tentei escolher um lugar que reunisse uma boa música, uma boa dança, um bom vinho, uma boa comida...

— E uma boa companhia. — Interrompeu, sorrindo. — Aimon, este lugar é muito agradável, tinha certeza do seu bom gosto.

Era um passo e tanto, pensou Aimon. Há tempos não saía de casa, não se relacionava com as pessoas, mal sabia qual restaurante estava na moda. Mas, sentia-se animado, queria agradar Alicia. Ela merecia todo seu apreço por tamanha paciência com ele.

— Alicia! Conte-me: por que escolheu Rabat para viajarmos?

Astuta, ela já havia imaginado quais seriam as indagações de Aimon durante o jantar. Preparou cuidadosamente as respostas, de forma a amarrá-las minuciosamente para que não existissem dúvidas. Ele estava no direito de perguntar, a ideia era dela, as datas, o destino e inclusive o hotel estavam definidos, tudo muito rápido.

– Sempre quis conhecer o Oriente Médio, experimentar lenços e burcas, as joias tão femininas e exclusivas de lá... – sonhou ela, cutucando uma das várias batatas fritas no prato. – Isso me inspira, Aimon, porque posso utilizar das minhas sensações e experiências para criar desenhos. E pensando por outro lado, estou precisando de férias. – Começou a rir, esperando a reação dele.

– Devo ser um chefe muito maldoso – brincou e bebericou um pouco do vinho argentino, indicado pelo garçom do local.

– O problema sou eu, chefe. Não sei a hora de parar. Os últimos sete dias de folga que tirei, usei para montar a nova coleção.

– Bom, mas pelo jeito você abriu um espaço na agenda exclusivo para nossa viagem. Confesso que fiquei primeiramente surpreso com o convite e, depois, com medo de aceitá-lo.

– Posso saber por que, senhor Aimon?

– Não saio de Buenos Aires faz muito tempo, fico inseguro ainda. Dependendo do lugar que eu visito, minhas lembranças crescem e não sei lidar com elas.

– Aimon, um passo de cada vez. Já é um grande avanço você admitir isso, se permitir sair comigo, e vir aqui hoje, por exemplo. Você tem que superar alguns obstáculos, só isso.

– Tem razão. Não me esquecerei disso. – O empresário saboreou novamente o vinho. – Pesquisei alguns passeios turísticos, hotéis, locais próximos à Rabat. As fotos da internet são bonitas.

– Eu já escolhi o hotel, Aimon, espero que aprove.

Ele parou de cortar o bife de chorizo e encarou-a.

– O que foi? Não me olhe desse jeito – disse, encarando-o de volta.

– Não iríamos escolher juntos? – Em um tom mais irritado, ele suspirou voltando a cortar o bife.

– Desculpe, Aimon, eu quis facilitar as coisas. Mas tenho as fotos do hotel Vila Kalaa no celular, quero que veja e diga se aprova. Caso não goste, não vou ficar ofendida.

Alicia abriu sua bolsa e retirou o celular, desbloqueando rapidamente a tela. Ela digitou a senha na mesma velocidade, abriu um dos aplicativos de fotos, escolhendo a pasta de imagens que foram coletadas da internet. Entregou-o para Aimon, aflita e com os dedos cruzados. Ele precisava aceitar o Vila Kalaa!

Silêncio, a face inexpressiva, os dedos deslizando a tela entre uma foto e outra, suspense. Um frio na espinha percorria o corpo de Alicia; parara de comer e beber, aguardando inquieta a decisão dele.

– É um hotel bom, mas abaixo do que eu havia imaginado. Simples demais. Gosto de conforto.

– Você está dizendo o que realmente pensa, Aimon? Ou está bravo por que fui eu quem escolheu?

– As duas coisas. – Frieza, aquele discurso e o olhar congelante tinham acabado de vez com a atmosfera quente do Amor y Tango.

Alicia intimamente concordava que ele poderia pagar hotéis muito melhores do que aquele, que fossem cinco estrelas, com muito luxo. O problema era que nada disso estava em questão e ela não podia ceder.

– Não tenho tanto dinheiro como você, me acostumei com a simplicidade. Olhe novamente os quartos, eles são confortáveis. – Apontou para as fotos no celular.

– Alicia, você está de brincadeira? – indagou, atônito. – Você acha mesmo que vou deixar você pagar a sua viagem?

– Fui eu quem convidou, não acho justo você me bancar.

– Não vamos discutir, Alicia, tudo bem? – Tentou conciliar. – Vou te dar de presente... Estou fazendo isso por nós. – Pegou na mão dela, acariciando, em um gesto reconfortante.

– Desculpe mais uma vez, Aimon... – E olhou para as mãos dadas sobre a mesa. – Obrigada por ser tão gentil.

– Mas você tem certeza sobre esse hotel? Digo, você quer isso mesmo?

Não, não quero, pensou ela. Quero ir para um resort e não sair de lá, passar o dia todo com você na piscina, recebendo massagens, tomando banho em ofurôs. Segurou-se, respirou fundo para ser firme.

– Sim, é isso Aimon. Vila Kalaa me pareceu perfeito para desfrutarmos Rabat. Lembre-se que a companhia é mais importante que o lugar. Caso você realmente não goste, quando chegarmos lá procuramos outro hotel.

– Alicia, Alicia, sua teimosa – disse ele, em tom irônico. – Vamos ver o que vai acontecer. Temos um trato, se eu não gostar, eu não ficarei, certo?

– Fechado! – prometeu, mas faria de tudo para que ele permanecesse em Vila Kalaa, até descobrir o que o destino reservava. Apertaram as mãos selando um acordo, e voltaram os olhos para o centro do salão, pois a hora mais esperada da noite estava começando, o show de tango.

Aplausos indicavam a entrada dos dançarinos no palco. Três casais dançariam ao mesmo tempo. Aimon e Alicia já estavam em pé quando o primeiro passo riscou o chão. Alicia focou sua atenção no casal do meio, o homem segurava na cintura da mulher que estava deslumbrante em um vestido longo vermelho, colado ao corpo. Os olhares se cruzavam na espera do beijo que não acontecia.

Percebeu o quanto Aimon estava perto, a masculinidade do perfil misturava-se com o perfume forte, inebriante, marca registrada dele. Alicia aproximou-se mais. Estavam lado a lado, essa era a chance, desejava, como nunca, um beijo. Entrelaçou as mãos na dele, lentamente. Aimon correspondeu, desviou o olhar brevemente do tango e sorriu para ela. Permaneceram assim, até o final da apresentação. Foi necessário contentar-se e sonhar com o sabor do beijo que demoraria a ganhar.

❧

A passos duros e largos, Beatriz percorria o corredor que separava sua suíte da de Thierry. Há dias não se falavam. Encontravam-se durante as refeições e parecia que não se conheciam. Ele não ligava mais todos os dias de manhã para dizer: "Olá Beatriz, você passou bem à noite? O que acha de me acompanhar nas minhas aventuras?". Sentia-se sozinha. Tinha se acostumado com a presença dele, da positividade com que começava o dia, da forma com que ele a animava. Na verdade, não o conhecia a fundo, mas já entendia perfeitamente que ele estava magoado com ela. E se o que ele queria era fazê-la sentir-se mal, havia conseguido!

Bateu firme na porta do quarto 126. Tinha certeza que ele estava ali dentro, pois o vira de longe no hall, com óculos escuros, apreciando um quadro que costumava chamar de "olhos profundos", três olhos gigantes ocupavam o meio da tela, preenchidos com as ondas do mar, que contrastavam com o alaranjado do fundo.

Beatriz bufou ao perceber que, simplesmente, ele não queria atendê-la, mas não desistiria fácil, afinal, engoliu todo seu orgulho para chegar ali e enfrentá-lo. Bateu ainda mais forte, insistente.

Ele, então, abriu a porta, com a expressão mais séria que ela já havia visto.

– O que você quer? – indagou. Estava ainda mais raivoso. – Já sei o que pensa sobre mim, não preciso ouvir o resto.

Nocauteada, Beatriz respirou fundo.

– Desculpe, Thierry, eu estava nervosa. Eu sei o quanto a fotografia é importante para você, como também a vaga de editor fotográfico do caderno de Cultura. Errei! Eu confesso que errei. Se é isso que te faz feliz, tem que ir em frente mesmo.

Ele cruzou as mãos embaixo do queixo, e a observou.

– Meu pai deixou muitas posses quando morreu, economizei cada centavo porque tinha consciência que meu caminho não seria fácil. Já sabia que pessoas com perfis artísticos costumam sofrer para se encaixar no mercado de trabalho em um emprego que traga felicidade, satisfação pessoal e dinheiro. – Ele fez um sinal com a mão para Beatriz esperá-lo terminar. – Não saio esbanjando minhas economias por aí. Estou aqui e sei o que estou fazendo. Estruturei-me muito bem financeiramente, pedi um tempo para o meu chefe e vim buscar a foto perfeita. Bem, na verdade, não procuro a foto perfeita, mas sim o momento perfeito, pois quero a oportunidade de eternizá-lo e deixar um presente para a humanidade.

– Oh Thierry, eu realmente fui idiota. O seu trabalho é magnífico. Estou me sentindo mais culpada ainda.

Ele a encarou novamente, os olhos estavam opacos, sem nenhuma vida, os lábios retraídos, transmitindo desaprovação.

– Minha intenção era essa, Beatriz, que se sentisse culpada pelo que disse. Não pode sair julgando as pessoas, dizendo o que elas devem fazer de sua vida. Reflita quantas vezes eu te ofereci conselhos.

A conversa estava ficando realmente séria, ela não conhecia essa seriedade e frieza de Thierry quando ele estava magoado.

– Eu já pedi desculpas... Não deveria ter interferido em sua vida. Releve tudo isso. Julguei você muito mal. – Colocou suas mãos sobre as dele, com um sorriso triste. – Torço para que encontre esse momento em breve e que sua fotografia possa percorrer o mundo, tocando as pessoas. E, pense em minhas desculpas.

Beatriz virou-se na direção do elevador, caminhando lentamente. Estava convencida de que a amizade entre eles havia terminado. Sentia um nó na garganta, estava sozinha novamente e a culpa era somente dela.

– Beatriz! – Ela o ouviu chamando.

Sobressaltou-se. O que era agora? Virou-se e viu Thierry andando em sua direção.

– Você acha mesmo que uma amizade acaba assim? – E a abraçou. Um enlaçar tão forte que os ossos pareciam tremer. Sentindo o calor de afetividade que os envolvia, Beatriz deixou que seu nó na garganta se desfizesse, as lágrimas caíram devagar, embaçando sua visão. Fechou os olhos... Guardaria aquele momento na memória, carregando Thierry e sua pura amizade até a eternidade.

– Hei, você está chorando, sua bobinha – brincou, enxugando as lágrimas do rosto dela.

– Thierry... – ela balbuciou tentando organizar as palavras. Sentia-se sufocada em segredos, precisava se abrir com seu amigo. – Eu não vim a Rabat à toa.

– Claro que não! – Ele ajeitou os cabelos dela atrás da orelha. Viu-a fragilizada e sentiu-se completamente preocupado com a situação. – Sei que algo te trouxe aqui. Todos nós temos nossas buscas.

– Mas a minha é bem diferente da sua – ela continuou. – Eu tenho um filho...

Deitada sobre os ombros dele ela contou-lhe toda a sua verdadeira história. O nascimento de Stéfano, o rapto e as mensagens secretas que a levaram para Rabat. Mais do que surpreso, ele se sentiu tomado por um desejo enorme de ajudá-la.

– Tenho uma ideia!

– Ideia? Que ideia? – perguntou, com a voz embargada. – Eu já tenho tentado de tudo. Apenas aguardo uma nova carta, outra pista que me leve até ele.

– Venha comigo, vou te mostrar.

Voltaram ao quarto 126 do fotógrafo. A cama estava desarrumada, o pijama jogado em cima das cobertas e lençóis, vários pares de sapatos rodeando a cama, livros e mais livros empilhados nas mesinhas de cabeceira. As cortinas estavam abertas, o sol adentrava o cômodo clareando uma escrivaninha de madeira posicionada abaixo da janela. Thierry sentou-se na cadeira em frente a ela, fazendo um sinal para que Beatriz se aproximasse.

Fotos e mais fotos tomaram o campo de visão dela. Muitas espalhadas, e não sobrepostas. Era possível distinguir o que retratavam olhando com calma para não se transformarem em um borrão de cor. Uma luz branca estava ligada em cima delas, ele devia estar estudando as fotos ultimamente.

– Separei todas as fotos que eu já tirei aqui em Rabat. Venha dar uma olhada nelas. Quem sabe apareça alguma criança com a idade de seu filho.

– Nossa, Thierry, isso é... nossa! Fantástico! – Ela beijou o rosto dele.
– Obrigada!

Ele se sentiu em paz novamente ao perceber o sorriso dela de esperança.

– Eu vou terminar de tomar meu cappuccino e retomar minha leitura, prefiro deixá-la sossegada, Beatriz. Sente-se aqui e fique à vontade.

Thierry levantou-se e deitou-se numa poltrona do lado oposto ao que Beatriz estava. Pegou o livro e bebericou o cappuccino. Ela ajustou o foco de luz direcionando-o para determinados locais da mesinha. A estratégia era olhar imagem por imagem, empilhando no canto aquelas já vistas e descartadas. A chance de rever o filho, ainda que em foto, fez o coração de Beatriz vibrar. Precisava ter certeza de que ele estava vivo.

Não notara o tempo passar, não sabia também dizer quantas fotos vasculhara. Thierry já havia dormido, acordado, descido para jantar e ela ainda estava ali.

– Beatriz, você não acha que está cansada? Eu deixo você voltar aqui amanhã e terminar.

– Eu sei, Thierry, verei mais algumas e... – Ela interrompeu a fala, estupefata. O foco de luz irradiava naquele rosto familiar, ele estava vivo! Vivo! Era a prova que seu coração de mãe pedia, estava feliz que não se enganara nunca.

Agarrou a foto colocando-a sobre o peito, abraçando aquela criança que saíra de seu ventre. Como ele crescera! Lágrimas de alívio e alegria misturavam-se. Ela o reconheceria até mesmo depois de 20 anos, pensou. Queria contar a Ramon, partilhar o momento com ele. Não estava louca, precisava encontrar o filho a qualquer custo.

– Deixe-me ver, Beatriz! Olhando para a foto posso decifrar que local foi tirada.

Thierry aproximou a imagem novamente ao foco de luz, olhou atentamente.

– Foi tirada aqui mesmo, Beatriz, não consigo reconhecer o lugar exato, mas é Rabat. Fotografei porque me chamou a atenção várias pessoas andando juntas, vestidas praticamente da mesma forma, camufladas nessa multidão. E é justamente uma delas que está de mãos dadas com seu filho.

– Eu notei isso também, mas não tenho dúvidas de que é ele. Preciso descobrir onde é este lugar e quem são essas pessoas. Sua ideia foi esplêndida. Não foi por acaso que você foi colocado em meu caminho!

Ele estava encantado com a felicidade dela.

– Pode contar comigo! Vamos encontrá-lo!

CAPÍTULO SETE

Aimon acordou diferente naquela manhã de segunda-feira. Sensações inéditas explodiam dentro de seu coração, espontaneamente. Ele não sabia explicar quais sentimentos eram aqueles, nem os nomear, mas sentia-se profundamente grato por eles.

A lembrança da voz de Alicia foi o que o despertou naquele dia, arrancando-o da cama. "Você nunca mais precisará ir até às sessões de terapia depois desta viagem", garantia-lhe, confiante e doce. Ela havia deixado claro que aquela viagem era o seu passaporte para a tão sonhada paz de espírito. Então, que Rabat chegasse logo e fosse capaz de arrebatá-lo.

O empresário estava tão decidido a virar as páginas de sua vida que correu até uma de suas gavetas no guarda-roupa, pegou a primeira fotografia de Dalila que apareceu e sentiu um imenso desejo de lhe dar um beijo de despedida. Talvez tivesse sido aquilo que faltara, um único tocar de lábios que selasse definitivamente o fim.

Apertou a foto contra o peito e fechou os olhos com força. Mentalizou a esposa em sua frente com aquele vestido justo vermelho vivo que demarcava tão sensualmente seu corpo escultural. Os olhos dela o encaravam com leveza e Aimon os projetou de forma que transmitissem um pedido de liberdade, um clamor pela alforria dos dois. Ambos precisavam seguir seu próprio caminho de uma vez por todas. Com muito esforço, como que arrancasse a voz desde o fundo de um abismo, ele confessou àquela miragem que a amaria para sempre e que por isso, só por isso, a deixaria partir. Foi então que os lábios vermelhos, bem delineados, sorriram para ele. E, num instante, a imagem se foi. O empresário abriu os olhos e desejou desesperadamente se encontrar com Alicia. Teve a certeza de que tomava a melhor decisão de sua vida. Deveriam viajar para longe e recomeçar a história dos dois.

Com a porta do guarda-roupa aberta, o empresário foi certeiro em escolher a roupa para a viagem, calça jeans e camiseta branca, leve como qualquer viagem exigia. Calçou o tênis com pressa, colocou o relógio de pulso e aproveitou para observar a hora. Era cedo ainda, bem cedo. Quatro horas da madrugada e ele havia combinado com Alicia que a buscaria por volta das cinco da manhã. O tempo parecia ter parado! Estava com pressa, muita pressa.

Correu para escovar os dentes e decidiu sair o quanto antes, mesmo sem tomar um bom café da manhã. Estava disposto a esperá-la na sala de estar porque tudo o que queria era vê-la.

Do outro lado da cidade...

Alicia olhava para as malas com o coração vibrando tão forte que parecia querer saltar de seu peito. Observou as passagens em suas mãos e a coragem pulsando em seu corpo. Sentia-se segura com a decisão que tomara, por mais loucura que parecesse. Seu único medo, na verdade, era a vasta possibilidade de Aimon não a escolher quando ele estivesse diante de Dalila. O amor que ele sentia por ela era tão resistente que nem mesmo uma grande farsa poderia ser capaz de destruí-lo. Como ela desejava ao menos um pingo dessa enorme chuva de amor que ele derramava por Dalila. Foi com esses pensamentos perambulando a mente que ela retocou o batom rosado e se viu perdidamente apaixonada à espera do homem de sua vida.

Para sua surpresa, o interfone tocou estranhamente uma hora antes do combinado.

– Ele chegou, meu Deus! – espantada, disse a si mesma encarando o próprio reflexo no espelho.

Apesar do susto, ela também estava inexplicavelmente pronta a uma hora do horário previsto. Haviam sido vítimas da ansiedade juntos. Ela também não fora capaz de cerrar os olhos nem por um segundo naquela noite. Sua imaginação trabalhou milhares de possibilidades para aquele exato momento, o da chegada de Aimon em sua porta pronto para viajarem em busca da verdade.

De maneira alguma ela partiria sem se despedir de Carmen, por isso, antes mesmo de atender ao interfone, correu apressada para o quarto dela. A porta que estava apenas encostada foi aberta cuidadosamente para impedir qualquer ruído. Na ponta dos pés, caminhou em direção à sua mãe postiça e lhe beijou o rosto em despedida. Suspirou aliviada por não a ter acordado e se virou nos calcanhares em direção à saída.

Ao passar de volta pela porta do quarto, a voz ensonada da mulher não hesitou:

– Tenha juízo, Alicia! Muito juízo!

A estilista sorriu se sentindo mais amada que nunca e lhe mandou um beijo de longe. Era confortável tê-la por perto! Virou as costas e enfim partiu em direção à saída do apartamento. Enquanto pegava as chaves para abrir a porta, sua mente planejava pegar o elevador e buscar Aimon no térreo para que subisse em seu apartamento e carregasse gentilmente suas malas até o carro. No entanto, Alicia foi surpreendida mais uma vez. O empresário já estava ali, de pé no corredor do andar, bem à sua frente, esboçando um sorriso.

– Aimon! – ela suspirou sentindo-se amolecer.

Ele estava com os braços cruzados, esperando-a com impaciência.

– Se não abrisse logo essa porta eu juro que arrombaria seu apartamento. – Ele entregou uma piscadela.

– Bem, estou aqui. – Alicia se viu paralisada diante daquela cena e temeu pelo futuro daquele homem. Pediu aos céus para que ela o estivesse levando à liberdade e não à destruição.

Aimon deu alguns passos na direção dela, abraçou-a e manteve-se em silêncio por alguns segundos. Tamanho foi o espanto da estilista que ela demorou para retribuir o gesto.

– Obrigada! – Alicia sussurrou e fechou os olhos recuperando a coragem que há poucos minutos estava pulsando dentro dela. – Obrigada por ter dito sim a essa oportunidade.

Era a primeira vez que o sentia nos braços de corpo e alma. Sim! Ele estava inteiro naquele momento. Ela podia notar isso. Estava leve, entregando-se a ela. Como desejou que tudo aquilo fosse eterno! Seria capaz de rasgar as passagens para impedir que aquele momento se perdesse.

O empresário a soltou com um sorriso enorme.

– Cheguei antes do combinado! – Os olhos dele resplandeciam ânimo.

– E eu já te esperava, ansiosa. – A voz saiu lenta e embargada, porque ela ainda estava hipnotizada naquele rosto másculo e sedutor.

A pele dele estava lisa como seda, dando claros sinais de que a barba acabava de ser feita. Os lábios entregavam um sorriso beirando a inocência, como o de uma criança aventureira. Alicia desejou beijá-lo abruptamente. Estava afogada em agonia imaginando o sabor daquela boca que hoje poderia ser só dela, sem compartilhá-la com fantasmas. Ele já havia sinalizado isso, afinal. Sentiu o silêncio provocado por seu desejo, como se somente os dois existissem na Terra. Mas ainda não havia chegado o seu momento e como comprovação disso, ele olhou por cima dos ombros dela, já disperso, e viu as malas sobre o sofá.

– Posso levá-las para o carro? – perguntou, indicando as bagagens com o dedo indicador.

Alicia demorou para puxar o fôlego e continuar a conversa, desajeitada:

– Ah! Sim. Por favor. Faria isso?

– Claro! Com licença.

Ela aproveitou para repará-lo um pouco mais enquanto carregava as malas. Lindo e transformado, avaliou.

Aimon passou diante dela, segurando os apetrechos.

– Pronta?

– Com certeza! – Sorriu e fechou a porta atrás deles.

Desceram pelo elevador ouvindo a voz ininterrupta de Alicia que falava sobre Rabat com motivação e ansiedade. Lá estava ele com os ouvidos atentos em uma voz feminina agitada, dedicando-se àquele sorriso espontâneo de realização e honrando seu papel masculino de calar-se enquanto elas, as mulheres, falam. Era impossível acompanhar, pensou extasiado. Já havia se esquecido de como elas falam incansavelmente em momentos de êxtase. Seu único desejo era agradecê-la por fazê-lo sentir-se homem em uma relação mais uma vez.

O sinal do elevador foi ouvido e a porta se abriu. Caminharam lado a lado em direção ao Lamborghini alaranjado. Aimon colocou as malas no porta-malas enquanto Alicia se ajeitava no banco da frente travando o cinto de segurança. Não demorou muito para que ele tomasse seu lugar de motorista e, entregando-lhe uma risada animada, pedisse:

– Aproveite cada segundo disso tudo. Você merece por todo esforço em me fazer feliz.

Era permitido pular no pescoço dele e abarrotá-lo de beijinhos? Deparar-se com o perfil carinhoso de Aimon era uma tremenda novidade e isso a fazia apaixonar-se mais.

O empresário virou a chave na ignição e a estilista apertou o botão do rádio. Pela primeira vez, depois de três anos de intensas notícias jornalísticas, aquele carro sentiria a música vibrar nas caixas de som. E não só isso, ela começou a cantarolar junto com as canções animadas. Estavam de férias!

Tudo teria sido encantador como a cena de um filme hollywoodiano se a desafinação de Alicia não ficasse tão evidente. Aimon não aguentou e riu da situação, balançando a cabeça em sinal de desaprovação.

– Ei! – ela gritou, abaixando o volume do som. – Não deveria rir assim descaradamente.

– Querida, pode cantar! Estou me divertindo. – Ele acariciou as coxas da estilista carinhosamente. O canto dos lábios chegava a tremer enquanto ele segurava o riso.

Alicia não sabia se ficava desajeitada pela desafinação ou se derretia-se sentindo aquelas mãos macias tocar-lhe a perna.

– Eu sempre gostei de música, Aimon. Até me culpo por nunca ter tentando aprender a tocar sequer uma flauta doce. – Ela sorriu, rendendo-se à desaprovação do empresário.

– Em compensação, você sabe dominar um cavalo como ninguém! A gente vive fazendo escolhas na vida, Alicia. E você fez as suas. Não se culpe. – Ele olhou no retrovisor para ultrapassar o carro que estava na frente deles. – No entanto, ainda há tempo para aprender. Qual instrumento gostaria de saber tocar?

– Acha que eu combinaria com um violoncelo?

– Uau! Magnífico! – Ele se surpreendeu com a possibilidade. – Sou apaixonado por violoncelo. Podemos assistir um solo qualquer dia desses.

– E pelo o que mais você é apaixonado, Aimon? – A pergunta de Alicia o pegou desprevenido. Ele se calou e mais uma vez o silêncio indesejado imperava entre os dois.

Estavam parados no semáforo, ao lado do Rio de La Plata. Alicia olhou para fora da janela e avistou a Puente de La Mujer estampando grandiosamente o Puerto Madero, o lugar mais belo de Buenos Aires para ela. O céu negro já começava a receber fios de ouro vindo do nascer do sol e ela se encantou mais uma vez com o lugar.

– Aimon! – ela gritou eufórica. – Podemos descer um pouquinho? Veja! O dia está clareando.

Ele se assustou com o pedido, ainda estava absorto em seus pensamentos buscando uma resposta para a pergunta de Alicia. Na verdade, concluiu, não sabia mais pelo o que era apaixonado. Era um homem viúvo, triste e perdido.

— Só um pouquinho, vai! — Alicia insistiu. — Não vamos perder o avião por isso.

Sem resistir ao pedido daquela mulher ele estacionou o carro e desceu. Olhou para o céu e também se encantou com a beleza daquela manhã que dava os primeiros sinais de seu nascimento.

Alicia estava vidrada naquela paisagem. Observava a claridade que surgia atrás dos arranha-céus da cidade.

— Vou te contar uma coisa. Quando eu era criança trazia comigo a certeza de que todo primeiro beijo acontecia ao nascer do sol. — Ela riu encantada consigo mesma. — A infância nos faz imaginar a vida como um filme, e é por isso que sentimos vontade de voltar a ser criança.

A revelação o atingiu. Era belo e reconfortante admirar o encanto da inocência. Por um segundo sentiu seus olhos se descortinarem, ele não era um homem viúvo triste e perdido há meses, afinal. Alicia era um presente em sua vida e ele não deveria deixá-la partir nunca mais. Embora forte e corajosa como uma mulher, ela não perdera a magia da infância, acreditava em sonhos, em casais felizes para sempre, no renascimento após anos de angústia. Era um troféu em sua vida, a resposta que ele esperava.

E então, em um impulso, como se sentisse atraído pela vibração positiva que emanava dela, como que precisasse agradecê-la por estar tornando a vida dele mais leve, ele a segurou pela cintura puxando-a para perto. Sentiu-se enfeitiçado pelo calor que emanava daquele corpo feminino apaixonado, envolveu as mãos no cabelo dela e, puxando-o delicadamente, invadiu seus lábios.

Ambos sentiram como se aquele fosse verdadeiramente o primeiro beijo deles, porque, dessa vez, eles tinham certeza de que o beijo acontecia entre Aimon e Alicia e não entre Aimon e Dalila. Ele pôde sentir a doçura presente em cada centímetro daquela boca, o acariciar caloroso das mãos macias e delicadas da estilista em suas costas. Ele a soltou de repente sussurrando:

— Quer saber mesmo pelo o que sou apaixonado? Por esse seu talento incrível de me devolver a vida!

Alicia ficou estática na frente dele. Era alegria demais para administrar e ela não conseguiu dizer nenhuma palavra como resposta.

Aimon a puxou pelas mãos e a levou de volta para o carro. Só queria colocá-la o quanto antes dentro do avião para ter certeza de quem ninguém a levaria embora, porque ela era real e totalmente sua.

CAPÍTULO OITO

Alicia estava sentada ao lado da janela do avião, sentindo o seu estômago se contorcer enquanto o piloto preparava a aeronave para aterrisagem. Do lado de fora, a cidade se aproximava lentamente e exibia um único tom, esbranquiçado, formado por suas construções. Também era possível visualizar o mar que belissimamente contorna Rabat e a torna tão mágica.

Aimon olhou sorridente para sua companheira de viagens e apertou a mão dela com força, mostrando-lhe segurança. Sabe-se lá porque, os ares daquele país o trouxeram paz antes mesmo de eles tocarem o chão marroquino. De repente, sentiu-se desligado dos problemas, das cobranças e dos olhos observadores. Pôde olhar para a estilista com mais cuidado, com mais tempo, como que se ninguém pudesse atormentá-lo por estar se sentindo atraído por aquela mulher. Ele teve certeza de que Rabat lhes traria boas novas.

Horas depois, apreciando o café da manhã do hotel, Alicia se deu conta do efeito milagroso e positivo que a viagem provocou em Aimon. Ele estava com uma aparência descansada, apesar da longa viagem que se estendera por 24 horas. Fizeram escala em Guarulhos, no Brasil, e em Paris, na França. Até mesmo a preocupação que ela tinha, quanto à reação dele ao colocar os pés no hotel Vila Kalaa, não se concretizou.

Localizado na zona urbana mais antiga da cidade, a hospedagem exibe uma aparência simples. Sua construção remete ao século XII, assim como outras construções dessa parte de Rabat. Alicia sabia que esse não era o padrão de Aimon, pois, sendo o empresário mais sucedido da Argentina, poderia se hospedar nos hotéis luxuosos, cinco estrelas, na banda moderna de Rabat, conhecida como cidade nova, onde a riqueza se ostenta em formosas construções no estilo *Art Déco*, região classificada, inclusive, como Patrimônio Mundial da Unesco.

No Hotel Vila Kalaa não existia nem o serviço de transporte de malas, por exemplo. Entretanto, Aimon o aprovou e surpreendeu-se com o encanto dele em seus mínimos detalhes. Comentara que o garçom do restaurante era gentil, que as camas estavam perfeitamente arrumadas e limpas e que, os banheiros, apesar de pequenos, eram aconchegantes.

– Nossa! Você está viajando, literalmente, Alicia! – Sorriu Aimon, enquanto experimentava uma geleia de ameixa.

Despertando de seus pensamentos, ela ergueu os olhos e sorriu de volta.

– Sim, estava aqui lembrando da sua reação ao conhecer o Vila Kalaa...

– Não quis dar o braço a torcer de início, mas acho que você reparou em minha aprovação. – Piscou ele. Como era bom conhecer o Aimon descontraído. – Qual é o nosso roteiro para hoje? Estou animado para explorar Rabat.

– Hum, podemos conhecer a zona histórica, visitando Torre Hassan e Necrópole de Chellah.

– Ótimo, o guia que contratamos chega em 15 minutos.

꒰꒱

Beatriz estava em êxtase. A noite fora demasiadamente longa, ocupada por pensamentos sobre seu filho Stéfano. Apertara a foto no peito incontáveis vezes na esperança de trazê-lo para mais perto. Culpa e saudade a deixavam vazia há muito tempo, mas como os indícios de que seu filho estava em Rabat aumentavam, permitira-se ter esperança. Thierry estava sendo um grande amigo, e se encontrariam logo ao amanhecer para traçar estratégias de busca.

– Beatriz, sinceramente, acho que devemos chamar a polícia. – Thierry beliscava um salgadinho. Estava morrendo de fome, porque sua amiga o derrubara da cama.

– A polícia nunca me ajudou. Você acha mesmo que eu não tentei em Paris?

– Faz tempo, e outra, agora você tem provas.

– Aposto que vão dizer assim: "como você pode ter tanta certeza que é ele?".

Ele levantou da poltrona, deixando o salgadinho de lado. Abraçou-a devagar, olhou fundo nos olhos dela e garantiu:

– Vou te ajudar, mas você sabe que estamos trilhando um caminho perigoso. A mensagem que você recebeu te atraiu para cá, agora essa foto. Você não tem medo, Beatriz?

Um arrepio percorreu a espinha dela. Temia o futuro, mas jamais se perdoaria caso não encontrasse o filho. Não queria vê-lo morto, mas se o destino assim quisesse, preferia enterrá-lo a nunca mais achá-lo.

– Temo mais pelo futuro dele, Thierry. O que querem, afinal?

– Você nunca mencionou o pai. Ele tem algum envolvimento? – No instante que perguntara, arrependeu-se. Ela arregalou os olhos, furiosa.

– O quê? Está louco, é? – Enfaticamente com o dedo em riste, soltou depressa toda tristeza que sentia. – Ramon é o melhor pai do mundo. – E permitiu as lágrimas. – Lembro-me dos olhos brilhando quando viram Stéfano, a canção de ninar embalada por ele era a única coisa que o fazia parar de chorar, uma sintonia tão profunda unia pai e filho. Ramon desesperou-se quando nosso bebê se foi, revirou a cidade, pediu ajuda de vizinhos e policiais, pregou anúncios em postes, chamou a imprensa, até que suas forças se esvaíram. Ele perdeu a fé.

Thierry segurava as mãos de Beatriz, tentando acalmá-la. Ali estava ela, abrindo-se como nunca, fragilizada. Agora que se expunha ela percebia o quanto negligenciara a dor de Ramon. Pensou em si mesma, no sofrimento dela, responsabilizava o relacionamento deles como a causa da deficiência do filho, mas Stéfano fora gerado com amor, e isso era o bastante. Cuidariam dele com o mesmo amor com que ele fora gerado, e deveriam se perdoar, já que toda escolha tem sua consequência. Entretanto, ela sabia que o filho estava pagando o preço. Um dia ele perdoaria os pais? Ele não existiria caso os pais não insistissem na relação, afinal. Mas apesar de todos esses pensamentos, ela tinha certeza que seu filho carregava um coração enorme.

– Quando recebi a pista e resolvi segui-la, inicialmente Ramon pensou que eu era louca.

– Eu continuo achando isso. – Sorriu Thierry.

– Ramon me apoiou assim que descobriu minha partida, mas eu neguei. Neguei seu apoio, seu amor, seu dinheiro, sua companhia. Como fui ingrata... – Ela soluçava, com dificuldade de contar sua história. – Na verdade, me culpo pelo sumiço do meu filho, me culpo por ter me relacionado com Ramon por sermos primos, e nosso filho ser como é. Acabei me esquecendo das culpas do próprio pai.

– Beatriz, você ainda o ama?

Envergonhada, assentiu. Todos os dias se lembrava dos bons momentos juntos, continha sua vontade de telefonar, ouvir a voz do pai do seu filho. Era um amor infinito.

– Então, minha querida, ainda está em tempo de procurá-lo e dizer o quanto o ama.

Thierry surpreendeu-se com si mesmo, porque nutria um afeto por Beatriz e tinha certeza de que, se ele abrisse ainda mais o coração, o afeto se transformaria em amor. Depois dessa conversa poderia se afastar, continuar vivendo sua vida como no passado, na tranquilidade de paixões passageiras, iniciadas com belas fotografias. Mas aquela mulher à sua frente o tirara da zona de conforto, era parceira e muito inteligente. Há muitos anos não encontrava uma verdadeira amiga, por isso repetiria ao seu cérebro que eram apenas amigos. Beatriz amava Ramon, se ele tentasse mudar isso, bateria com a cara no chão e um trator passaria por cima de seu coração.

– Está certo, meu amigo, como sempre – afirmou, secando as lágrimas. – Agora que já sabe sobre minha vidinha nada normalzinha, vamos trabalhar? – brincou, voltando a ser a Beatriz de sempre.

– Com uma condição...

Ela revirou os olhos. "Demorou para soltar alguma!", pensou.

– Quero que ligue para Ramon quando voltarmos.

Ela franziu os lábios e lhe entregou uma piscadela, surpresa.

– Ok, senhor cupido! – Ela lhe deu um tapinha amigo nas costas. – Mas falando sobre hoje, por onde vamos começar?

– Vamos perambular o local onde tirei a foto, quem sabe encontramos algo diferente? Pensei também em pesquisarmos as roupas que aquelas pessoas da foto estão usando. Achei muitas semelhanças entre elas, como um padrão. O que você acha?

– Perfeito, Thierry, algo dentro de mim me diz que estamos no caminho certo.

※

Rabat era de uma beleza estonteante, o contraste entre o novo e o antigo, a arquitetura tradicional marroquina e as belíssimas praias, tiravam o fôlego. Era tanta história e vislumbre que Alicia esquecera por alguns momentos o real objetivo daquela viagem. Aimon permanecera ao seu lado durante toda a jornada turística. Incansável, perguntava a ela a respeito das curiosidades dos locais que visitavam, e, mais tarde, ele confessara que imergira profundamente em toda história e cultura de Rabat antes de viajarem, quando ainda estava em Buenos Aires.

Aimon constatou que Alicia o fazia rir e sentir-se seguro no meio de tantos desconhecidos. Sentia-se saindo da escuridão, enxergando ao longe um discreto nascer do sol. Naquela noite, ela ainda estava disposta a levá-lo numa apresentação de dança marroquina, pois desejava aprimorar suas ideias para novos *croquis*. Ele sentiu-se feliz em acompanhá-la, porque não queria abandoná-la depois de um dia inteiro juntos.

À noite ela estava tão linda em seu vestido longo vermelho, um coque alto e uma maquiagem que realçava seus olhos... Aimon não resistiu à tentação e, na volta, era para deixá-la em seu quarto, despedir-se como um bom cavalheiro e encontrá-la no dia seguinte, mas sentiu uma necessidade louca de beijá-la. O cheiro dela invadiu suas narinas, arrepiando o corpo que há anos não era tocado por uma mulher. Ele precisava dela, ansiava em conhecer aquela moça que o despertara para a vida. Não imaginou Dalila em nenhum momento, ali era só ela. Apenas Alicia. O coração de Aimon batia descompassado. Ele a envolvia nas costas enquanto aprofundava o beijo que, inicialmente fora terno, mas transformara-se em urgência.

Ela fora surpreendida pela atitude dele, mas sua cabeça rodopiava e gritava por mais. Hoje não seria cautelosa em tocá-lo se ele mantivesse o desejo de conquistá-la.

Ele desceu os lábios pelo pescoço macio, saboreando, experimentando, as mãos agora desamarrando o vestido. Estava de corpo e alma ali, não parecia fazer tanto tempo que não se deitava com uma mulher. Aimon sabia que essa noite seria especial.

O paletó já estava jogado no chão quando começou a retirar os sapatos. As mãos ágeis de Alicia tentavam desabotoar a camisa dele. Ele sorriu ao ouvir os suspiros dela quando ele aprofundou seu toque. A lingerie vermelha era ousada e deixou-o ainda mais enlouquecido.

Ela o queria para si, tomava-o como dela, sem rodeios. O carinho arrepiava a pele morena de Aimon, enquanto seus lábios ocupados percorriam as curvas bem definidas dela. Exploraram-se com prazer, aproveitando cada detalhe, cada sensação, até explodirem em êxtase e paixão. Por que demoraram tanto?

CAPÍTULO NOVE

Sentada na cama de hotel, com as costas apoiadas na cabeceira, Alicia sorria reparando as roupas espalhadas pelo quarto. Aimon estava de bruços sob o lençol branco, adormecido e sereno.

O sol da manhã dava suas primeiras pinceladas no céu de Rabat, fazia das tímidas nuvens brancas, sua tela de pintura, e anunciava à estilista de que, sim, o empresário mais famoso de toda Argentina havia dividido a cama com ela naquela noite. E ela estava completamente surpresa por isso! Não esperava que ele dormiria ao seu lado. Imaginara que se levantaria arrependido momentos depois da paixão que compartilharam, pediria desculpas e correria para o seu quarto, em seu mundo particular novamente. No entanto, ela agora afagava os cabelos dele que desciam sobre o travesseiro como uma cinzenta cachoeira, pois ele não havia partido.

– Bom dia, meu bem! – O sorriso dela se abriu como uma aurora quando Aimon abriu os olhos, fitando-a.

Ainda em estupor sonolento, segurou a mão dela e beijou-a como resposta. Estava relaxado e feliz.

– Bom dia. – A voz rouca atraía cada célula do corpo da estilista.

De repente, ela foi tomada por um temor que invadiu a cena como um penetra. Viu-se completamente apaixonada. Soube, naquele instante, que nunca mais seria a mesma se o perdesse. Isso a aterrorizou, porque se sentiu tornar-se parte dele.

– Você costuma acordar linda assim todos os dias? – Sem notar o sentimento que a incomodava, Aimon agiu carinhoso e despreocupado.

Ela riu deliberadamente. Mais uma vez, não imaginou que aquela seria a reação dele naquela manhã. Continuava à espera daquele imaginário pedido de desculpas...

– Claro que não! – Riu, ajeitando os fios de cabelo que caíam em seu próprio rosto. – Porque não são todos os dias que eu acordo enfeitiçada, com você ao meu lado.

Ele respirou profundamente, levantou-se rápido e a envolveu nos braços deitando-a novamente na cama, sob seu corpo. A estilista ficou sem fôlego enquanto ele apenas reparava o rosto dela, de ponta a ponta, sem dizer nada.

– Alicia... – ele suspirou. – Alicia, Alicia...

– Por favor, diga! – A curiosidade gritava dentro dela.

Envolvido pelo carinho que emanava daquela bela mulher, Aimon abriu os lábios em um sorriso de realização.

– Você entrou em minha vida para me transformar. Eu estou descobrindo que é possível tornar em reticências um ponto final. – Deu-lhe um selinho rápido. – Obrigado!

Na verdade, Alicia desejava ouvir um "eu te amo", mas sabia que ainda era cedo. Decidiu esperar o tempo que fosse preciso.

Aimon levantou da cama e começou a juntar as roupas que estavam espalhadas.

– Hoje eu quero te presentear com um café da manhã especial. Vou levá-la à cafeteria mais famosa de Rabat.

– Mas, o hotel oferece café e...

– Alicia! Hoje você é minha convidada! – Ele correu para se sentar na cama novamente, segurando a camisa e o paletó nas mãos. – Vamos deixar as regras de lado... Você merece um café da manhã especial, típico marroquino! Será uma imersão na cultura deste país.

Ela balançou a cabeça, rindo, deliciando-se do cuidado que ele dispensava.

– Irá de terno? – brincou, divertida. – É a única roupa que você tem aqui no meu quarto. Ou... – Levantou da cama e acariciou as costas nuas de Aimon. – Vai sair sem roupa pelos corredores do hotel?

O empresário gargalhou com a possibilidade.

– Seria bastante divertido...

– Ei! – Ela beliscou a cintura dele. – Nem pense em ser diversão para as faxineiras e as outras hóspedes.

Ele piscou, ainda gargalhando. Pinçou o queixo dela com os dedos e soltou a frase que ela tanto esperava:

– Sou apenas seu, não se preocupe! Aliás, senhorita Alicia, diga-me uma coisa.

Boquiaberta, ela nem conseguiu incitá-lo a continuar. Manteve-se calada até ouvir a pergunta:

— Por que reservou quartos separados para nós?

— Aimon... eu... não... — Pigarreou, incrédula. — Eu não queria te pressionar.

— Se isso era um plano — segurando-a pela cintura, puxou-a para perto de si —, deu certo. A ideia de invadir o seu quarto me seduziu.

Por eternos cinco segundos, Alicia só conseguiu encará-lo em silêncio. Depois, sentiu o corpo amolecer nos braços dele. Não havia mais cama, hotel, malas ou Rabat, era apenas os dois colados um ao outro, deliciando-se de um cálido beijo, entregando-se à embriaguez das emoções e às incertezas do amor. Decretavam, naquele gesto, abertos às dores e às felicidades daquele relacionamento.

&

— Você não deve fazer isso, Beatriz! É arriscado demais — insistia Thierry, inconformado, enquanto segurava a câmera na mão.

Os dois estavam estacados diante de um Souk, o tradicional mercado árabe, conhecido pelo seu conjunto de lojas que oferecem todos os tipos de mercadorias. No entanto, a discussão entre eles nada tinha a ver com a decisão em entrar no local ou não, outro motivo os colocavam em atrito.

— Já disse para você parar de dizer o que devo ou não fazer! — Ela já se mostrava alterada com a inquietude do amigo. Sua respiração tornara-se curta e pesada diante da persistência dele. — Eu estou aqui em Rabat pelo meu filho e vou cumprir minha missão, independentemente das suas ordens. Não tenho medo de nada, já disse! O que me importa é encontrar Stéfano.

Ela deu um passo à frente decidida e encorajada pela saudade de seu pequeno. Em resposta, quase que em um gesto involuntário, Thierry puxou-a pelo braço.

— Se quer mesmo fazer isso, eu vou com você e ponto! — A ordem saiu rápida, incontestável e fria. Os olhos do fotógrafo ganharam tons acinzentados, beiravam a fúria. Seu cenho fechou-se como o de uma coruja atenta e protetora.

Beatriz puxou o braço ríspida, soltando-se das mãos dele. Encarou-o destemida, respondendo-lhe com os dentes cerrados e pausadamente para que não restassem dúvidas:

– Vo-cê não vai me *a-tra-pa-lhar*!

– Quanta teimosia! Você já se perguntou por que esses bandidos querem aproximá-la de Stéfano? Acha mesmo que o levaram uma vez e agora querem devolvê-lo de bom grado? – ele suspirou preocupado. – Se você morrer, não salvará o seu filho.

Beatriz virou o rosto e os calcanhares em direção à avenida que se mostrava em sua frente; ignorou os alertas que recebia e a atravessou, sozinha e em passos pesados. Estava atônita e irritada com a proteção exagerada do amigo. A última coisa que precisava naquele lugar era de alguém que a impedisse, pensou. Nem o amor avassalador que ela sentia por Ramon a fez parar um dia. A força que a tomava sempre que estava em busca de seu filho era maior que qualquer sentimento. Por ele, se submeteria a tudo.

Como Thierry poderia impedi-la de continuar seguindo as pistas que lhe eram enviadas? Elas trouxeram-na até Rabat e essa foi a maior decisão de sua vida, todas as outras eram insignificantes perto desse risco que assumira. Abandonou tudo quando tomou a decisão de se submeter às ordens recebidas pelas cartas. Depois disso, se a mandassem até para o inferno, ela iria.

Virou a esquina e avistou de longe a cafeteria que havia pesquisado na internet naquela noite. Sentiu estar no lugar certo quando notou o enorme letreiro sobre o toldo indicando o nome do estabelecimento, Naji Alquhawat.

Estava ali porque, no dia anterior, ao voltar da rua, percebeu que uma nova carta a esperava em seu quarto de hotel. Estava no chão, em um envelope branco, perto da entrada do cômodo, dando claros sinais de que havia sido colocada ali por baixo da porta. Dessa vez, a nova pista era enigmática, trazia jogos de palavras e informações intrínsecas. Passou a noite racionalizando os versos que mais uma vez vinham em recortes de revistas:

Em um mundo de multidões, o verdadeiro caminho se encontra sozinho. Em torno de um tradicional café há um jardim encantado.
N. A.

A primeira parte da mensagem foi traduzida facilmente por Beatriz, saltaram legíveis do papel como notas musicais para um exímio pianista. O mundo de multidões era Rabat, com seus quase dois milhões de habitantes. O verdadeiro caminho é aquele que a levará até Stéfano e ela deveria percorrê-lo sozinha, sem Thierry. Por certo, pensou, estava sendo seguida há dias e notaram sua amizade com o fotógrafo. Já a segunda parte do bilhete tirou-lhe o sono. Que lugar era aquele? De qual jardim encantado falavam? Sem suportar as interrogações que viajavam em sua mente, ela resolveu bater na porta de Thierry e pedir ajuda. Foi a escolha perfeita. Ele conseguiu interpretar, de imediato, a dica que faltava, já que não estava tão cansado quanto ela. Beatriz havia se deleitado sobre o papel por três horas seguidas.

– Um tradicional café... – sussurrou pensativo, com os olhos fixos na carta que, agora, recebia a claridade da luminária de sua escrivaninha. – É isso! – ele gritou estupefato, batendo na mesa. – Um tradicional café é diferente de um café tradicional, concorda?

– Eu já não consigo entender mais nada...

– Veja, Beatriz! Ao citar "tradicional café" eles indicam uma cafeteria, não a bebida. Você deve encontrá-la.

– Meu Deus! Há tantas cafeterias por aqui. Eu passaria o ano as visitando. – Os olhos abaixaram cansados e sombreados pelas olheiras.

– Não é qualquer cafeteria! É a tradicional de Rabat. Vamos pesquisar!

Uma busca rápida na internet mostrou-lhes a preferida dos turistas, ofertava o verdadeiro café da manhã marroquino. Por coincidência, seu nome Naji Alquhawat remetia às iniciais "N. A." que finalizaram a correspondência. E então, a argentina sabia onde deveria ir no próximo dia. A única incógnita não desvendada foi o "jardim encantado", porém, esperavam descobrir quando estivessem no lugar indicado – e era para lá que Beatriz caminhava agora.

Apertou os passos. Queria chegar o mais rápido possível na Naji Alquhawat. Decidiu ficar na calçada de cima do estabelecimento para que, de longe, pudesse olhar aos arredores e reparar se alguém a seguia. Tinha consciência de que seus passos não eram segredo para os bandidos que raptaram Stéfano e, aliás, ela até queria vê-los. Desejava encontrá-los! Estava preparada para dizer que não os deduraria às autoridades se, tão somente, devolvessem seu filho são e salvo. Entregaria todas as suas economias para que eles realizassem o desejo dela.

No entanto, mais do que os olhares dos bandidos que ela tanto imaginava, havia outro fitando-a naquele momento. Esse estava paralisado, como uma serpente encantada pelo seu flautista, e sua presença, ao contrário da dos possíveis malfeitores que Beatriz esperava, era surpreendentemente inesperada. Aimon Gonzalez a observava, em transe, pelo vidro da cafeteria. Nunca o vira pessoalmente, mas o reconhecera pelas fotos do casamento que foram enviadas pela irmã. Estava um pouco mais velho, com os traços do rosto demarcados pelo tempo e pela dor, e os cabelos grisalhos.

Por um segundo a visão do empresário se escureceu nas laterais, o único foco era a mulher da calçada de cima. Ele se sentiu inerte na situação. Teve um lapso de memória repentino. Esqueceu-se de quem ele era, de onde estava e do que fazia ali. Segundos depois, sentiu-se roubado pelo tempo, jogado em um baú escurecido pelo passado, onde Dalila era a única luz apreciável. Sua mente estava blefando, enganando-o, torturando-o com alucinações, teve certeza disso. Sentiu raiva de si por tamanha incoerência mental, pela armadilha que seu cérebro havia criado. Há meses não sofria mais com isso, apesar dessa vez ter sido mais forte, mais real. De repente, o coração quicava no peito como uma bola de gude atirada do alto. A boca secou e os ouvidos zuniram de forma a silenciar todos os ruídos ao redor, até mesmo a doce voz da moça que havia o levado para Rabat.

– ... por isso digo que não poderia ser melhor. – Alicia estava vidrada na tela do celular, pesquisando os pontos turísticos que estavam em torno deles. De tão entusiasmada, não notara que seu receptor não prestava atenção na mensagem. – Aqui diz que há uma mesquita bem perto de nós, fica ao lado de um orfanato. – Ela bebericou o seu café aromatizado com cardamomo, típica erva da região, sem tirar os olhos do site de buscas. A bebida havia sido servida há pouco em um tradicional bule árabe, em formato alongado. – Mulheres devem visitar a mesquita com a cabeça coberta. Vou precisar de um lenço... Acha que vou ficar bem como muçulmana?

Até aquele momento, tudo acontecia com perfeição. Alicia e Aimon vivenciavam, magicamente, os prazeres da imersão cultural e gastronômica. A mesa baixa, os inúmeros tapetes e almofadas espalhados, a arquitetura árabe e as mulheres envolvidas em seus lenços traziam autenticidade ao cenário. As porcelanas, que exibiam mandalas coloridas, havia até mesmo inspirado a estilista para a próxima coleção que desenharia. O *msemmen* havia ganhado o paladar do empresário pela semelhança com o pão sírio, bem como o suco de laranja sem coar. Mas tudo isso foi a menos quando, em meio ao monólogo, Alicia ergueu a cabeça e se deparou com um Aimon pálido e estático.

– Aimon? Aimon! Meu Deus, você está branco! O que você tem?

Estranhamente, ele não se mexia, nem sequer piscava. Alicia levantou depressa e correu na frente dele. Sem saber, despertou-o de seu transe por esconder a imagem que o enfeitiçava. O gesto não permitiu que ele visse a aproximação de Thierry, desesperado, puxando Beatriz para longe – o que, mais tarde, causaria problemas para o fotógrafo teimoso.

A estilista passou a mão no rosto de Aimon.

– Querido, você está suando frio. O que está acontecendo? Fale comigo!

Ele abaixou a cabeça e puxou o fôlego com dificuldade para explicar:

– Meu peito dói.

A angústia da alma tornou-se física para ele. De fato, o peito trazia uma horrorosa sensação de sufocamento. Unido à saudade, ele sentia seu corpo rechear-se de ira. Não bastasse a depressão enfrentada com a morte de sua esposa, agora teria de tratar sua loucura? Estaria ligado ao passado por toda a vida e condenado pela própria mente? Não suportaria sofrer outra alucinação como aquela, porque era real demais. Seria capaz de entregar-se à imaginação e correr nos braços de Dalila, caso ela ousasse aparecer novamente.

– Levante-se, levante-se. Vou levá-lo ao médico. – Ela o puxou pelo braço sentindo o peso do corpo dele.

– Solte-me, *Dalila*! Solte-me! – A voz saiu embargada, mas irritada. Estava mais confuso que nunca.

Alicia ouviu o nome que ele pronunciara. O fantasma estava de volta, pensou. A decepção durou uma fração de segundo, porque se dera conta da possibilidade de ele a ter visto passar na rua de verdade. Estava a um passo de acabar com a farsa e afastá-la de vez... ou não.

– Onde eu estou?

– Você está em uma cafeteria marroquina, em Rabat, meu amor. Vai ficar tudo bem... Vamos encontrar um hospital. – Ela o segurou pela cintura enquanto ele apoiava o braço direito nos ombros dela.

A cena chamou a atenção dos clientes e, como que em uma intervenção divina, um deles sabia falar espanhol. Colocou-os em seu carro e saiu em direção ao hospital. Na primeira esquina, Alicia confirmou o que desconfiava. A moça, que para ela era Dalila, estava ali, discutindo com um homem.

O carro seguiu, enquanto Beatriz e Thierry pareciam querer arrancar os cabelos um do outro.

– Arrr!!! Escute aqui, eu não vou permitir que você me impeça de reencontrar o meu filho! – O dedo indicador de Beatriz parecia a batuta de um maestro regendo a *7ª Sinfonia em Lá Maior de Beethoven*, de tão agitado e ameaçador.

– Pare com isso! – Thierry ergueu a voz mostrando que não era pouca coisa diante de uma mulher feroz e destemida. – Quem aqui está te impedindo de encontrá-lo? Eu, hein! Só quero que tenha juízo. Você vai colocar tudo a perder se continuar se arriscando tanto!

– Eu não tenho escolhas, poxa vida! – Ela diminuiu o tom, preocupando-se com a verdade que ele expôs. – Se eles me mandam aparecer sozinha em algum lugar, eu tenho que fazer!

– Você está lidando com bandidos, ora! – com firmeza, o fotógrafo continuou. O punho cerrado, a testa enrugada de nervoso. – Tem que ser mais esperta que eles. Somos uma equipe, esqueceu-se disso? Devemos nos unir e sermos estratégicos. – Emendou a frase com alguns palavrões em francês, bem baixinho. Foi a forma encontrada para eliminar a tensão que massacrava seu corpo.

Beatriz deu um longo suspiro tentando se retomar. Ele tinha razão, assumiu.

– Desculpe-me!

O pedido fez os ombros de Thierry se afrouxarem. Aquela mulher era realmente fantástica! Embora forte e corajosa para enfrentar perigos inimagináveis, trazia também consigo a humildade capaz de equilibrar o coração raivoso de seu oponente. Uma super-heroína sem capa, símbolos ou qualquer outra fantasia.

Se não soubesse a existência de Ramon e o respeito que ela sustenta por ele, Thierry lhe roubaria um beijo naquele momento. Faria da fúria dele um mar de sedução e transformaria toda a agitação dela em um barco de prazer. Ao contrário disso, ele só pôde responder que estava tudo bem e que deveriam partir.

Enquanto os dois se acertavam, não muito distante dali, Alicia ouvia o diagnóstico de Aimon. Um mal-estar passageiro, causado por forte estresse, segundo o profissional que o atendeu. Como previsto, a recomendação foi para que tirasse um tempo para relaxar e repousar. Na verdade, ela sabia o quanto isso seria difícil tendo Dalila tão perto e, por um momento, se arrependeu e se culpou por tudo aquilo.

Ela foi buscá-lo no quarto do hospital. Estava tão assustada! Desejava vê-lo o quanto antes e, se pudesse, o levaria de volta para a Argentina. De forma alguma queria destruí-lo, arrancar a pouca felicidade que renascia em seu peito e começava a dar nova cor até mesmo à sua pele. A porta estava aberta. Ao contrário do que ela esperava, ele estava de pé, olhando pela janela. Estavam no terceiro andar do prédio e ela levantou a hipótese de ele estar em busca da imagem da esposa. Parou no batente para chamá-lo com cuidado:

– Aimon!

Ele virou o corpo para olhá-la e lançou uma pergunta com o esboço de um sorriso:

– Já podemos ir?

Alicia balançou a cabeça em afirmativa. Não sabia exatamente como agir, se deveria abraçá-lo, perguntar como ele estava e dizer que estaria sempre disposta a socorrê-lo, acontecesse o que acontecesse ou, se o silêncio seria o melhor amigo dos dois.

A passos largos, ele caminhou na direção dela:

– Importa-se em irmos para o hotel?

– Claro! Vamos! O médico disse que você precisa relaxar e...

– Eu sei. – A resposta saiu seca e impaciente. – Ultimamente só tenho recebido recomendações... dos médicos, terapeutas, de você... Parece que eu desaprendi de viver!

Alicia abaixou a cabeça, quieta. Sentiu-se ofendida, com certeza, mas controlou-se mesmo sem saber por quanto tempo duraria sua tranquilidade.

– Bom, você pode descansar em minha cama a tarde toda, se quiser. Eu estarei do seu lado, cuidando de você. Sou ótima para fazer massagens, sabia?

Ele ergueu os olhos e a encarou. Havia um grito dentro da garganta dele, trancafiado por dezenas de cadeados, todos enferrujados pelo longo tempo da sua dor. Como poderia explicar que nada do que ela fizesse o tiraria daquele desconsolo? Não era dela que precisava, mas da miragem que o visitara na cafeteria, dos beijos quentes e do abraço agasalhado que Dalila lhe dava nas noites frias de Buenos Aires. A esposa seria eternamente sua amada, nada poderia mudar isso, nem a ilusão de uma viagem a Rabat ao lado de uma mulher sedutora.

– Não vou para o seu quarto hoje, desculpe-me.

Alicia estalou os olhos, incrédula, enquanto ele se estacou ao lado dela, olhando para o corredor. Ficaram olhando, assim, em direção opostas.

Para onde partira aquele homem fascinante da noite anterior? O plano falhara completamente! Como ela não pensou que Aimon a abandonaria por Dalila mesmo que ela sustentasse uma enorme mentira? Ainda assim, ela seria a mais bela e amável farsante de todas para ele. Sentiu um nó na garganta e não se deteve:

– Por que você se permite sofrer tanto assim? Por que se aconchega na solidão que é gélida e destruidora ao invés de avivar-se em meu corpo quente? – Ela o segurou pelo braço e o observou por cima dos ombros enquanto lhe entregava quase que um sussurro. – Você adormeceu nu em meu peito ontem à noite, acariciou-me como um habilidoso escultor, ouviu o meu coração bater por você e a minha respiração ofegante chamar o seu nome. E hoje prefere afundar-se em lençóis frios em busca de um fantasma que não pode te tocar?

Aimon golpeou o braço para trás, desvencilhando-se das mãos dela em cólera. Descontrolado, sem medir as consequências de seus atos, ouviu o homem destemido que corria em seu sangue. Apertou o rosto dela, segurando-a pelo queixo e murmurou agressivamente:

– Você ainda não entendeu que, para me amar, terá que amá-la também. Ela é uma parte minha e sempre será. Nunca mais ouse chamá-la de "fantasma" se ainda quiser uma chance de me conquistar.

Nem ele, nem ela, esperavam aquele gesto grosseiro e ameaçador. Foi a primeira vez que Aimon agiu daquela forma com uma mulher, mas a atitude dele, embora o fizesse pensar a respeito mais tarde, doeria muito mais no coração apaixonado de Alicia. Se existia algo em que ela havia conseguido naquela viagem até aquele momento, não fora a felicidade plena de Aimon, nem a revelação libertadora a respeito de Dalila. Na verdade, ela tinha entregado, de uma vez por todas, sua mente, coração e alma àquele homem.

Ele disparou em passos largos pelo longo corredor do hospital e deixou Alicia sozinha, desprotegida e amedrontada. Estar solitária na Argentina, nada tinha a ver com estar em Rabat, em meio a outros idiomas, homens desconhecidos e mulheres com suas burcas.

CAPÍTULO DEZ

Aimon passou a noite em claro tentando entender que tipo de homem se tornara. Um grosseiro, concluiu. Como ele olharia para Alicia hoje de manhã? Uma mulher linda, sozinha em Rabat, excelente companheira, que mesmo nas adversidades não desistira dele. Tamanha obsessão por Dalila estava fazendo-o delirar. Pior de tudo, decepcionara Alicia. Passaram uma noite deliciosa juntos, sentiu-se homem novamente, queria estar perto dela e a estilista o fortalecia. Devia-lhe desculpas, no mínimo.

Dalila fazia parte da sua história, a terapeuta dissera inúmeras vezes: "Aimon, não estou pedindo para esquecê-la, estou pedindo para recomeçar sua vida, entendendo que ela faz parte do seu passado, e não do seu presente. Você está se culpando pela morte dela, está fissurado em reencontrá-la; a todo instante a enxerga em mínimas coisas. É necessário se perdoar, compreendendo que nada mudará as circunstâncias".

Estava mais do que na hora de esquecer seu sonho, fora uma recaída e tanto, mas decidira seguir em frente. Respirou fundo estufando o peito três vezes, ensaiou um pedido de desculpas e bateu na porta de Alicia.

O rosto dela estava inchado, os cabelos desarrumados e o pijama amassado. Os olhos não negavam que ela havia chorado.

– Oi, te acordei? – Começou ele. Um calafrio percorreu seu corpo ao notar as malas prontas.

– O que você quer, Aimon?

– Quero seu perdão – declarou, esquecendo-se de tudo que havia ensaiado.

– Simples assim? – indagou, fria. Cansara de sofrimento.

– Quer que eu ajoelhe? – Começou a ajoelhar em frente à porta do quarto.

– Vai fazer diferença na sua vida eu te perdoar? Porque ontem você deixou bem claro que entre nós existe Dalila. Sinceramente, Aimon, perdi minha paciência. Vai que você realmente descobre que ela está viva, o que será de mim?

O empresário nunca vira Alicia assim antes, estava decidida e magoada, muito magoada, aliás. Que idiotice a perder assim, por uma lembrança.

– Alicia, me perdoe, por favor! – Ainda ajoelhado, juntou as mãos em súplica. – Tive uma recaída, você sempre soube que sinto saudades dela, poxa vida! Vivemos bons anos juntos, eu amava Dalila. Mas ela se foi... Eu preciso seguir em frente.

Uma centelha de esperança chamuscou no coração da estilista, estava apaixonada por Aimon, mas não aceitava ser humilhada, ou dividir o coração dele com Dalila.

– Aimon, se por acaso você descobrisse que ela não morreu? – Com os braços cruzados ela olhava para o homem ajoelhado, o coração partido imaginando a resposta.

Demorou alguns minutos para responder, o ar faltando-lhe, parecia que sua alma estava sendo sugada por conta daquela pergunta tão complicada.

– Vamos, Aimon, seja sincero comigo e eu serei com você. Vi ontem o quanto ainda ama essa mulher, não posso viver na sombra dela.

– É impossível que ela esteja viva, Alicia! Eu estive no enterro dela... – Sufocado, ele não entendia porque aquela conversa se direcionava para um rumo fantasioso.

– Por um momento coloque-se no meu lugar, Aimon...

Levantando-se, tocou no rosto dela, suavemente:

– Por favor, querida, me dê uma chance para consertar tudo. É por sua causa que estou vivendo novamente, estou me abrindo para o mundo.

O coração de Alicia gritava alto quando ele a beijou suavemente. Os lábios dela estavam molhados por lágrimas que não secavam desde a noite passada. A alma doía ao lembrar-se da solidão no táxi ao voltar do hospital, da cama vazia e a quietude que invadiu o hotel na madrugada. As palavras pesadas de Aimon a incentivaram a arrumar as malas. Partiria e o deixaria resolver seus problemas sozinho. Mente e coração travavam uma batalha sem fim: deixar o caminho livre para Dalila ou lutar por seu amor? E então, o último falou mais alto. Adentraram o cômodo vazio. Chorariam por suas escolhas, porque deixariam alguma coisa para trás. Mas o abraço e o aconchego de um ao outro superariam as inseguranças trazidas pelo futuro.

– Beatriz, já passou da hora de você cumprir o que prometeu – cobrava-lhe Thierry, enquanto olhava as últimas fotografias que havia tirado no dia anterior.

O sol estava se pondo, deixando um colorido alaranjado no céu de Rabat. Os pensamentos dela divagavam entre a saudade de Ramon e a busca, sem sucesso, pelo filho. Algum detalhe estava passando despercebido, porque ela tinha as pistas, embora não soubesse juntar o quebra-cabeça.

– Sinto saudades de Ramon, mas o foco é meu filho – comentou pesarosa, desviando o olhar para a cama de Thierry, cheia de fotografias. – Você adora essa parte, não é?

– Observar a arte é sim um prazer para mim, ainda mais vinda de minhas mãos. – Sorriu ele, orgulhoso.

– Deixe de besteira, a máquina fotográfica trabalha muito bem – ironizou, tentando provocá-lo. E conseguiu.

– Beatriz, emprestarei minha câmera a você por um dia e veremos o estrago que fará. Uma foto ou outra poderá se salvar, acredito que a maioria terá borrões, luminosidade atrapalhando o foco... detalhes fundamentais aprendidos num curso de fotografia, que você minha querida, não tem.

Ela abaixou a cabeça, segurando o riso. Atingira em cheio seu amigo.

– Agora vamos, cumpra o que prometeu, seu marido deve estar preocupado –continuou Thierry.

Relutante e temerosa, revirou a bolsa à procura do celular. Precisava pensar no que dizer a Ramon; será que ele ainda se lembrava dela? Mantinha a resistência quanto à sua busca por Stéfano? As mãos trêmulas e suadas discaram o número conhecido. Dois toques, ouviu a voz dele:

– Alô?

Engasgada, sentia o coração batendo rápido, estava quase desistindo quando notou a expressão de Thierry encorajando-a, soprando um "siga em frente".

– Ramon, sou eu, Beatriz.

– Meu amor! Meu Deus, quanta saudade! Por que demorou tanto para me ligar?

– Estou tentando encontrar nosso filho, ando ocupada com as pistas... – Um alívio percorreu o corpo de Beatriz ao notar a voz do marido, sempre atencioso.

— Pistas? Você recebeu mais pistas?

— Ah, Ramon, nosso filho está tão lindo! Crescido... — Lágrimas afloraram nos olhos dela. Gostaria tanto de abraçá-lo, protegê-lo do mundo. — Ao ver a foto dele minhas esperanças cresceram.

— Você tem certeza, amor? Certeza de que é nosso filho? — A voz embargada comovia Beatriz do outro lado da linha.

— Uma mãe sempre sabe, jamais confundiria o rostinho dele. Algo em meu coração dizia que eu estava no caminho certo, dessa vez encontrarei nosso filho.

Cheio de amor, o coração de Ramon transbordava de alegria com as boas notícias. Precisava estar com Beatriz, compreendia o perigo que ela corria sozinha. Quem estaria enviando as pistas? Com qual intuito?

— Preciso que me diga onde você está, Beatriz. Não posso te deixar sozinha, o risco que está correndo é enorme.

— Eu sei, Ramon, mas prefiro seguir essa jornada sozinha. Vou até o fim do mundo por causa do meu filho. Nada e nem ninguém me impedirá. Tenho medo que quando você vier, quem me envia as pistas suma. Não sabemos a mentalidade da pessoa, o que ela quer...

— É por isso mesmo que temo por sua vida, meu amor. Não suportarei te perder.

— Tem um anjo da guarda me protegendo, e ele se chama Thierry. Está me ajudando com tudo aqui. Um grande amigo, guardarei para o resto da vida.

Emocionado, o fotógrafo que acompanhava a conversa, jogou um beijo no ar para ela. Entrando na brincadeira, Beatriz pegou o beijo no ar e depositou-o no coração. Do outro lado, Ramon sentiu ciúme ao ouvir sua mulher mencionar um homem, para ele desconhecido, ladrão do afeto dela enquanto estava em Rabat. Fez uma prece mental para que a amizade não se tornasse amor de amantes. Confiava na esposa, porém, não era garantido o caráter de Thierry, quem poderia se aproveitar de um momento de fragilidade dela.

— Espero que não me esqueça, está tão distante, Beatriz...

Ela achou graça na resposta de seu marido. Seu coração já tinha dono, era impossível esquecer o amor de sua vida.

— Ramon, amo você infinitamente. Confie em mim, voltarei com nosso filho nos braços.

Dois dias havia se passado desde a visão de Aimon. Convencido por Alicia de que sua mente deveria ser ocupada com novidades, decidiram seguir o roteiro de exploração em Rabat.

As risadas do empresário podiam ser ouvidas ao longe na Medina. O árabe Kaleb insistia que ele experimentasse as famosas *babouches*, sapatos marroquinos sem salto e de bico fino. Com seu inglês improvisado, ele exaltava as qualidades do sapato, como conforto, originalidade e sofisticação. Alicia já levava uma em sua bagagem, mas encantou-se com as cores de uma *babouche* da loja de Kaleb. Aimon então, tentando desvencilhar-se do vendedor, presenteou Alicia, deliciando-se com o brilho nos olhos dela.

– Aimon, deixe de bobagem! – exclamou, ao notar que ele negociava o valor com Kaleb. – Minha *babouche* está na mochila – piscou, sussurrando.

– *Deixe de bobagem, Alicia!* – sussurrou ele, agora imitando o gesto dela. – Um presente não faz mal a ninguém. O que acha de colecionar *babouches*? – brincou, segurando na mão dela. Parecia procurar Alicia com naturalidade, como se já pertencessem especialmente um ao outro.

– Não diga a Kaleb, mas procurarei na Medina o presente que mais atrair seus olhos, Sr. Aimon. – Beijando-lhe a bochecha em agradecimento, ela conseguiu deixá-lo ruborizado e o vendedor sorrindo de orelha a orelha.

No final da tarde, em meio aos gritos de anúncios de produtos e cheiros de iguarias, os dois caminhavam pela saída da Medina em busca de um táxi para voltarem ao hotel. Sentiam-se satisfeitos com tantos presentes para os amigos e familiares e, por que não, para si próprios.

Chegando ao hotel, Aimon esparramou-se na cama de Alicia, tentando recuperar as energias de um dia produtivo. Uma atitude espontânea e íntima que deixou Alicia com vontade de se deitar ao seu lado. Trocaram olhares, carícias e observações acerca do dia que passaram juntos. Muitas risadas com as lembranças de negociações nem sempre bem-sucedidas e o refinamento do paladar que adquiriram experimentando diversos condimentos.

Como num passe de mágica, Aimon adormeceu nos braços de Alicia. O cheiro do xampu aumentou ainda mais quando ela começou a mexer nos fios revoltos. Era reconfortante tê-lo perto.

Relembrando os últimos acontecimentos, Alicia não conseguiu dormir nem um minuto. O empresário resolvera acreditar que a imagem de Dalila era uma ilusão, que sua mente trapaceara, recriando Dalila em outra mulher, já que seu desejo em revê-la era enorme. Era uma forma de ele encarar os fatos, mas uma forma perigosa. Alicia sabia que se encontrariam novamente e, ao que tudo indicava, ele não estava preparado. Passaram horas inesquecíveis na Medina, mas notou-o disperso em alguns momentos, com olhar triste quando algo o despertava para a lembrança dela.

Alicia também sabia que estava mexendo em um vespeiro. Se Dalila estava viva, por que estaria escondida? Ela não o amava mais e por isso se afastara? Mereciam explicações, ele precisava resolver isso de uma vez por todas. Estava ou não livre para ser feliz?

Para esfriar a cabeça, levantou da cama de mansinho para não o acordar. Tomou um banho demorado, sentindo as batidas da água quente nas costas. Massageou os pés e os ombros, tirando toda a tensão. Desligou o chuveiro quando percebeu que estava mais leve.

– Nossa! Nem vi você se levantar. – Bocejou ele, enquanto se espreguiçava.

Alicia enxugava as pontas dos cabelos ao atravessar o quarto para escolher uma roupa confortável.

– Não consegui dormir, então tomei um banho para relaxar.

– Estou com tanta fome, Alicia, nem parece que comemos a tarde toda – comentou, sentado na beira da cama.

– Também estou, por isso vou me trocar rapidinho e já descemos.

– Melhor eu tomar banho quando voltar... Nossa, estou exausto! Você me perdoa?

Sem entender, Alicia encarou-o:

– O quê? Por que está pedindo perdão?

– Porque você está linda e cheirosa, e eu estou um maltrapilho.

Ela caiu na gargalhada. Ele parecia carente, à espera de aprovação e elogios.

– Ora, Aimon, se isso é problema eu desço sozinha.

Levantando rapidamente da cama, com o rosto fechado e os lábios franzidos, andou até ela pegando-a de surpresa ao fazer cócegas na cintura e nas axilas.

– Quer dizer que a moça deseja ficar sozinha? – Começou a provocá-la, fazendo-a rir desesperadamente. – Só porque está toda cheirosa. – Sorria ele, ao dar beijinhos no pescoço dela. – Nem morto a senhorita desce sem minha companhia.

E quando ela tentou responder, Aimon calou a voz dela com um beijo doce e demorado. Por ela, tinham ficado ali até a eternidade, mas a chata da fome cobraria sua dívida mais tarde.

❧

O clima estava quente quando Aimon e Alicia escolheram uma mesa próxima às escadarias do hotel. Era uma mesa estratégica, permitia uma visão geral do salão do restaurante e a contemplação do céu estrelado de Rabat. Uma brisa suave rodeava o espaço que elegeram.

Aimon experimentava pela primeira vez a *tajine* de cordeiro com ameixas, um prato típico marroquino preparado num recipiente de barro; e Alicia provava a *pastilla*, um folheado de massa fina, com recheio agridoce.

A atmosfera era de paz até Aimon arregalar os olhos. O garfo que utilizava para comer ficou suspenso, ele estacou sentindo todo o seu mundo interior parar. O que significava aquilo? Estava delirando novamente! O som das pessoas conversando cessou, o movimento dos garçons servindo as mesas tornou-se um borrão. Ele só conseguia olhar para ela. Dalila... Nossa! Ela estava ainda mais linda. Um vestido longo azul criava uma belíssima harmonia com seus olhos azuis muito vivos. Descia devagar as escadas como se estivesse caminhando nas nuvens. Era assim que se lembrava dela, charme e beleza na medida certa. Ela parecia tão real, estava sorridente, será que viria em sua direção?

– Aimon? Aimon? – Agoniada, Alicia notou a presença de Dalila. Meu Deus, ela imaginava o alto preço que pagaria por isso, planejara e aguardara que o destino se encarregasse de mostrar a ele a verdade, mas estaria agindo corretamente? Poderia tê-lo preparado antes, alertando que sua esposa estava viva. Estragara tudo. A reação de Aimon era muito semelhante a que tivera no café.

A viagem estava sendo maravilhosa, ele estava alegre e revigorado, correspondendo aos sentimentos de Alicia. Não poderiam ter ficado juntos sem ele saber da verdade? Por outro lado, ela aguentaria viver numa mentira, à escuridão dos fatos? A cabeça de Alicia começava a doer, uma dor lancinante, misturada à culpa por não ter sido sincera e ter armado aquilo tudo. Ela fora fraca... Temia perdê-lo porque o que sentiam um pelo outro não era forte o bastante. Ele perdoaria Dalila, quaisquer fossem os motivos do seu sumiço. Lágrimas ameaçaram cair, mas Alicia tentou manter-se forte. Aimon ainda estava em choque.

Levantou de seu lugar e começou a chacoalhá-lo, tentando despertá-lo do transe.

– Aimon! Aimon! Por favor, olhe para mim.

E ela chamou, preocupada, várias vezes, até ele sair de seu mundo.

– O que foi? – perguntou ele, encarando Alicia, que estava assustada.

– Você simplesmente saiu de si, você não estava mais aqui... – Ela tremia, sentia o suor brotando da testa. – Pensei em pedir ajuda, você não despertava.

Ainda absorto em pensamentos, percebeu o quanto Alicia estava desesperada e o quanto aquela mulher se preocupava com ele. Abraçou-a no pescoço, passando as mãos pelas costas dela, num gesto reconfortante.

– Alicia, me diga que estou sonhando. Diga que aquela mulher apenas se parece com Dalila...

Lágrimas desciam pela barba de Aimon, lembranças retornavam à sua mente como enxurradas. O piquenique, o acidente, a culpa pela morte dela, a falta que ela fazia na sua vida, os planos que um dia tiveram em comum.

– Não é possível, Alicia, depois de tanto tempo, agora que estava superando, tentando seguir minha vida sem ela...

Alicia então se desvencilhou do abraço dele, segurou carinhosamente sua mão:

– Eu me lembro de Dalila, e sim, essa moça se parece muito com ela... Aimon, se ela realmente for quem achamos que é, você merece uma explicação.

– Mas isso é impossível! – Sua mente era tomada por uma tremenda confusão, crença e descrença no mesmo instante.

Embora tudo parecesse loucura e surreal, um turbilhão de sentimentos impulsionou Aimon a caminhar em direção à mesa de Dalila; depois de tanto tempo realmente ela lhe devia explicações. Ao encontrá-la, notou que realmente era ela. Mais uma vez, seus olhos focaram no vestido azul e tudo ao redor desapareceu. Como era possível?

As lágrimas dele não cessavam. Os olhos dela, feito turmalinas azuis, o fitavam curiosos e os lábios carnudos formavam uma linha de tensão. Ela não diria nada? Não choraria ou não esboçaria um sinal de saudade?

Aimon indicou a vontade de abraçá-la, mas Beatriz recuou. Estava impassível, ela o culpava pelo acidente?

– Precisamos conversar, não acha? – ele balbuciou as palavras, a mente divagando... Não era o encontro que ele esperava, Dalila ignorava-o.

– Aimon? Você aqui? Não tenho nada para conversar com você... – Beatriz não estava entendendo a atitude do cunhado. Estaria ele com a mesma fúria da família que a deserdara? Isso não era da conta dele.

– Eu mereço explicações depois de tanto tempo – insistia, abalado pelas emoções do reencontro e mais confuso do que nunca. Ao tempo que ela era tão real na frente dele, também se lembrava do dia em que a velara. Porém, uma informação importante veio à mente dele. Seu caixão estava lacrado no velório.

Ele começava agora a se sentir mais enfurecido do que nostálgico. Que farsa era aquela? Transtornado, agarrou Beatriz pelo braço:

– Você vem comigo. Temos que conversar.

Thierry, que até então observava tudo sem se envolver, avançou rapidamente em direção ao invasor.

– Ei! Você não pode segurá-la desse jeito!

Aimon notou, naquele exato momento, que a mulher estava acompanhada. A visão deixou de ser turva. O homem parecia completamente incomodado com a presença dele, e nada simpático. Era um casal? Tudo teria sido uma trama para se unirem em outro país?

Com a confusão, Alicia aproximou-se dele e o segurou delicadamente pela cintura, tentando acalmá-lo:

– Aimon, vocês podem conversar amanhã com mais calma... Vamos para o nosso quarto.

Ele não queria dar nem mais um segundo para Dalila. Precisava entender tudo o que acontecia, mas, ao mesmo tempo, sentiu a dor e a palpitação no peito voltando. Sua mente girou e pareceu bagunçar todas as informações que estavam lá dentro. Começou a perder o sentido, ter a visão tomada por um borrão novamente. Ouviu, como que de longe, a voz de Alicia falando com sua esposa:

– Amanhã, na hora do almoço, vocês podem conversar melhor. É preferível poupá-lo agora.

– Não posso, tenho um compromisso com Thierry amanhã. – Beatriz soltou um muxoxo de desaprovação antes de finalizar. – Leve-o para cima o quanto antes. Ele está louco! – A resposta saiu ríspida, mostrando toda sua irritação, pois a cena tinha chamado a atenção de todos os clientes do restaurante.

O empresário, ainda assim, pediu licença educadamente. Atordoado, saiu constrangido e humilhado em direção às escadas, sendo guiado por Alicia. Não era seu feitio desistir, nem abandonar a esposa uma vez que a teve tão perto novamente. Entretanto, nem a mente, nem o corpo davam-lhe chance de lutar naquele momento. Aimon Gonzalez fora derrotado pelas circunstâncias do destino.

CAPÍTULO ONZE

— Aimon, você não quer me contar o que está pensando? — Alicia sentia-se isolada e impotente, o homem resolvera ficar no quarto dela, mas não dava sinais de que dormiria durante a noite, pelo contrário, estava sentado na beira da cama, pensativo sem dizer nada.

— Estou abismado, bloqueado! Sabe quando você nem consegue dizer o que está na mente?

Ela sentou ao lado dele, acariciando as costas, reconfortando-o.

— Talvez a vida queira lhe mostrar alguma coisa, temos que tirar lições das situações adversas, aquelas que saem do nosso controle. Confesso que também estou confusa, por que Dalila está agindo assim? Por que fazer isso com você?

— Nada faz sentido, entende? Eu a vi, tão real na minha frente, mas ainda assim é abstrato. E minha cabeça dói tanto... Não consigo pensar com calma. Parece mentira tudo o que estou vivendo, como se fosse um sonho ou pesadelo. Estou enlouquecendo, Alicia!

— Você precisa descansar, só isso... Eu também a vi. Ela é real!

Ele sentiu um espasmo em todo corpo. Não tinha pensando no fato de que Alicia era seu álibi e isso tornava tudo mais concreto. Levantou-se da cama, andando de um lado para o outro.

— Como a deixei partir de novo? Eu não poderia ter vindo para cá.

— Acalme-se, Aimon! — Ela levantou atrás dele, segurando-o pelos ombros.

— Estou com muita raiva! Ela não me deu a mínima importância... E ainda estava acompanhada... Por que fez tudo isso comigo? Será que ela me culpa pelo acidente? Se eu ainda não me perdoei, ela também não...

— Se agir por impulso, tudo vai dar errado! Tente dormir esta noite, por favor... — Implorou, puxando-o para os lençóis.

De tão confuso, ele acatou o pedido de Alicia, rendendo-se. Sentiu-se inseguro, como um menino perdido, sem saber como agir se a encontrasse novamente. Deitaram ao lado um do outro. Ela colocou a mão no peito dele para adormecer com a certeza de que ele não partiria em busca de Dalila no meio da noite. E, enquanto ela conseguia repousar, Aimon aproveitou a escuridão silenciosa para refletir.

As perguntas sem respostas que ele fizera para Alicia estavam martirizando na mente dele. Em vários momentos as lágrimas vieram à tona, unidas a uma vontade incontrolável de descer no saguão do hotel para descobrir o quarto de Dalila. Tantas memórias lindas, tantos momentos que passaram juntos, tantas histórias... De repente, uma constatação o fez enrijecer. Como ela poderia culpá-lo pelo acidente se isso não a matou? Ou seria, então, pela morte da criança que ela se afastara dele? Contudo, como conseguira esquecê-lo? Tinham um amor verdadeiro...

Os pensamentos foram apagados um a um quando ele foi vencido pelo cansaço. Dormira, sem perceber, mas por pouco tempo. A lembrança de uma informação, muito bem escondida em sua memória e até mesmo ignorada por ele – pois não dera a devida importância quando o assunto lhe fora revelado – o despertou assustado. Com os olhos estalados, fitando o teto, ele digeria a reminiscência de um detalhe primordial. Certa vez, Dalila lhe contara sobre uma irmã gêmea. Uma irmã que fora deserdada pela família. Falara dela uma única vez, saudosa e com admiração. Estaria confundindo as duas?

– Alicia! – Ele chacoalhou a estilista que dormia tranquilamente. – Pode ser que estejamos enganados, uma nova informação saltou na minha cabeça!

Ela abriu os olhos com dificuldade, percebendo o clarão da manhã que invadia o cômodo. Apoiou-se nos cotovelos para se sentar.

– Dalila tinha uma irmã gêmea, talvez seja ela! – contou eufórico, sorrindo aliviado. Ela não o traíra!

Aturdida, a estilista refletiu sobre as implicações da descoberta. Nunca tinha ouvido falar sobre Dalila ter uma irmã gêmea! Como não pensara nessa possibilidade quando Rúbia lhe dissera sobre o encontro com ela no aeroporto? Sentiu-se uma completa idiota! Porém, pensando bem, era melhor assim, não era? Parecia mais fácil vencer o fantasma de Dalila do que, de fato, ela de carne e osso! Por outro lado, Aimon poderia transferir seu imenso amor para alguém semelhante, não poderia?

Batidas na porta os pegaram desprevenidos. O coração dele quase saltou pela boca em expectativa. Pulou da cama sem nem ao menos ajeitar os cabelos desalinhados.

– Olá, senhor Aimon, como está?

– B-b-bem... – respondeu embasbacado. Se ela não era Dalila, era realmente uma gêmea idêntica.

– Desculpe-me por ontem... a forma como tratei o senhor. Eu não estava entendendo absolutamente nada. – Beatriz sorriu tentando ser agradável, apesar do clima tenso que se instalara. – Parece que ninguém está entendendo nada, não é? – Aimon assentiu, com os olhos temerosos. – Por isso vim até aqui para dizer que aceito a sugestão dada ontem à noite – ela completou, com doçura.

Um prêmio! Aimon parecia ter conquistado o maior prêmio de sua vida. Um largo sorriso surgiu quando ele respondeu:

– Podemos almoçar juntos, então? Será um prazer.

Pelo canto do olho Beatriz notara o inconformismo de Alicia, estava enciumada com a situação. Ela se manteve em silêncio atrás de Aimon por todo o tempo, mas a própria Beatriz se sentia incomodada, estava marcando o encontro por causa de uma ordem que recebera. Mais um bilhete misterioso. Pelo filho, valia o sacrifício.

– Hoje tenho um compromisso no horário do almoço. Teria problema se marcássemos um jantar à noite?

– Por mim está perfeito. Aguardo na recepção.

– Tudo bem, então, tenham um bom dia. –Despediu-se.

༄

Aimon vestia um terno preto fino. Lembrava o homem elegante que outrora estampara as revistas de negócios. Dizia a si mesmo para que deixasse de bobagem, pois se Dalila não era Dalila, não tinha motivos para se desesperar. Contudo, temia seus instintos. A semelhança entre elas era medonha... A saudade poderia tomar-lhe e fazer-lhe perder os sentidos.

Um calor invadia sua face tensa ao borrifar o perfume másculo. Conferiu o visual no espelho notando a carteira em cima da cama. Rapidamente, arrumou-a no bolso da calça de linho, abotoou o terno para finalmente descer as escadas ao encontro de Beatriz.

Estonteante era a palavra que definia a mulher que o aguardava. Beatriz resplandecia luminosidade com o macacão frente única dourado, amarrado ao pescoço. Não sabia exatamente aonde iriam, por isso caprichou no visual.

– Está encantadora! – Aimon elogiou, perdido em tamanha beleza. – Apropriadíssimo para onde vamos – completou, animado.

– E para onde vamos esta noite, senhor Aimon?

– Primeiro, não me chame de senhor. E segundo, você verá para onde vamos... – Piscou, conduzindo-a ao carro que os esperava.

Lys & Sherrylton era um restaurante classificado como cinco estrelas no guia de viagem de Rabat, altamente recomendado por críticos gastronômicos, pois agradava os paladares mais refinados e exigentes. A decoração marroquina clássica deixava o ambiente mais acolhedor para aqueles que não estavam acostumados ao luxo. Ouvia-se murmurinhos das mesas e um tilintar de taças aqui e acolá, enquanto os garçons serviam os clientes discretamente.

– Senhor Aimon, boa noite. Esta é a mesa que está reservada para o casal. Fiquem à vontade. – Mostrou-lhes o lugar, uma simpática *hostess*.

Assim que se sentaram, foram apresentados ao cardápio. O viúvo não conseguia desviar o olhar de Beatriz. Não podia concentrar-se. Demorou muito para escolher seu prato. Além de não estar familiarizado com o idioma árabe marroquino, única língua escrita ali, também não estava interessado na comida, mas sim em agradar a mulher que o acompanhava.

Beatriz, ao contrário, estava faminta. Thierry a ensinara sobre os costumes locais e algumas palavras árabes do cotidiano para que ela se garantisse em situações como aquela.

– Precisa de ajuda?

– Ãhn? – Absorto na beleza de Beatriz, mal notara a pergunta.

– Aimon, estou faminta. Podemos pedir?

Primeira diferença entre ela e Dalila, a esposa dele jamais diria isso. Era uma dama.

– Claro, escolho o mesmo que você.

Beatriz questionou se era desinteresse pela refeição ou vergonha em admitir que ele não sabia ler o cardápio.

– Por favor, para entrada, uma sopa de carnes, legumes e grãos. Prato principal: *tajine* de peixe.

– Gostariam de um vinho branco para acompanhar a *tajine*, senhores? – indagou o garçom.

– Sim, o melhor da casa – sugeriu o empresário.

— Aimon, você sabe quem eu sou, não é? — Simples e direta, Beatriz não queria rodeios, desejava entender o que estava fazendo ali.

— Sinceramente, fiquei confuso. Quando vi você pela primeira vez, ao longe, naquele café Naji Alquhawat, tive absoluta certeza de que era Dalila. — Um pesar tomou conta do semblante dele. — Precisei ser levado às pressas para o hospital.

— Nossa, Aimon. Sinto muito. Minha irmã se foi há mais de três anos...

— Ela era o meu amor, minha paixão, a razão do meu viver. Nunca me perdoei pelo que aconteceu com ela.

— Mas não foi um acidente? — Beatriz não compreendeu a culpa de Aimon. Tudo que sabia era por meio de notícias publicadas em jornais ou algumas notas em sites sobre Buenos Aires.

— Foi um acidente, mas era eu quem dirigia o carro, não é mesmo? Eu a matei... — disse incomodado, abaixando a cabeça.

— Não é bem assim... Acidentes acontecem. — Empalidecida pela lembrança da irmã, Beatriz bebeu o vinho depressa, trazido há pouco.

— Há anos estou em tratamento para superar a morte dela, a minha culpa, a depressão... Tudo ficou escuro e sem sentido, eu retomei o trabalho há pouco tempo, inclusive. Sua família foi impiedosa, afastou-se completamente.

— Minha irmã era uma pessoa maravilhosa, tenho certeza que ela perdoaria você e gostaria que fosse feliz.

Ele assentiu, observando-a atentamente.

— Sinto falta dela, apesar de que tínhamos uma escassa comunicação... — Beatriz continuou. Fazia desenhos imaginários na mesa, com o dedo, enquanto falava. — Ela nunca me abandonou, era muito diferente do restante da nossa família. Não me espanta saber que excluíram você da vida deles.

— Vocês realmente são muito parecidas e isso mexe comigo — declarou, experimentando um pouco da entrada. — Demorei para lembrar de que Dalila tinha uma irmã gêmea. Na verdade, apenas ontem, passando a noite em claro, eu me dei conta dessa possibilidade. E... — Percebendo que não conseguia chamá-la pelo nome, se envergonhou. Não se lembrava nem se Dalila havia lhe informado esse detalhe. — Eu peço desculpas porque não sei seu nome até agora.

"Aimon, quanta falta de cavalheirismo!" Repreendeu-se em pensamento. Estavam conversando e nem o nome dela havia perguntado. Mais uma armadilha de sua mente, estava evitando saber da verdade. Era mais conveniente acreditar que a esposa estava viva.

– Meu nome é Beatriz – disse a gêmea, observando tudo ao seu redor, preocupada. Por que queriam que ela fosse até lá? Queriam sequestrar Aimon também? Sabiam de sua fortuna? Thierry abominara a ideia, odiava que ela corresse riscos. Entretanto, ela seguia cegamente os bilhetes avulsos na confiança de que alcançaria algum objetivo. Embora até agora não tivesse chegado a lugar nenhum.

O garçom serviu, então, o prato principal e mais uma dose de vinho nas taças. Beatriz permaneceu calada por um longo período, experimentando sua *tajine*. Aimon refletia o quanto ela lembrava Dalila fisicamente, mas exibia o oposto em personalidade. Notou-a distraída, de pouca conversa.

– Desculpe-me, Beatriz, mas me parece tão distante…

– Meu foco é encontrar meu filho, Aimon. Logo depois que Dalila faleceu, ele simplesmente desapareceu. Eu não estava recuperada do luto, impiedosa veio a vida me dar outro susto.

Pasmo, Aimon não tinha ideia do que aquela mulher estava passando. Fechado dentro de seu próprio mundo nunca soube do desaparecimento de seu sobrinho, aliás, até ontem, nem se lembrava da existência da cunhada. Beatriz ficou ainda mais perdida ao notar o desconhecimento dele, atormentou-se com a mensagem do bilhete pedindo que encontrasse Aimon. O que ele tinha a ver com sua história?

– Eu posso ajudar de alguma forma? – Ofereceu-se, entristecido.

– Um instante – pediu ela com o dedo em riste. – Preciso de uma sobremesa antes. – O assunto do sumiço do filho provocava tristeza, nada como o açúcar para ajudar.

Ela escolheu *shebbakia*, um bolo frito em óleo e coberto com mel. Aimon também apreciou a típica sobremesa. Ao contrário dele, ela estava bem familiarizada com as comidas locais.

– Estou seguindo algumas pistas, mas essa missão é minha – esclareceu Beatriz, satisfeita com o doce e limpando as mãos no guardanapo. – Fico sempre atenta, em todos os lugares por onde passo, pois tenho a absoluta certeza de que alguém me vigia. Mesmo assim, pelo meu filho, sou capaz de tudo.

Aimon admirou a coragem dela, a esperança nos olhos reluzentes. Fez com que a saudade por Dalila o consumisse mais, no entanto, estar perto de Beatriz amenizava a sua dor de alguma forma.

– Sinto muito por tudo isso, podemos caminhar um pouco pela orla, enquanto conversamos mais um pouco?

O som das ondas do mar indo e vindo reconfortou o coração de Beatriz, o sentimento que imperava agora era saudade. Saudade de Dalila, sua parceira de aventuras na infância, saudade de Ramon – seu eterno namorado –, e saudade de seu filho desaparecido. A facilidade com que as ondas se quebravam fazia voz uníssona, demonstravam delicadeza e fragilidade.

Aimon caminhava calado, os cabelos estavam revoltos com o vento que soprava sem piedade. Ele não parava de olhá-la com o canto dos olhos. Ela resolveu pausar os passos para observar a noite. A praia estava deserta, a negritude da água confundia-se com a escuridão do céu. Inspirou profundamente, absorvendo a sensação e assustou-se quando percebeu a mão de Aimon segurando a sua.

– O que significa isso? – questionou, chateada com a situação. Retirou depressa a mão que ele segurava.

– Você tem uma cicatriz na sua mão, o que aconteceu? – indagou o empresário, curioso e, ao mesmo tempo, tenso pela resistência dela.

Revirando os olhos, Beatriz sentiu-se incomodada, era muita invasão querer saber detalhes sobre ela.

– Machuquei quando criança – declarou, ainda estupefata com as ações de Aimon. Afastou-se mais um pouco, olhando para o mar.

– Desculpe, Beatriz, eu... eu... precisava te tocar... precisava me acalmar – explicou, nervoso. – Eu vejo Dalila em você, isso me perturba. Ela faz falta na minha vida.

– Coloque na sua cabeça de uma vez por todas que eu não sou minha irmã e, além de tudo, sou casada, muito bem casada – disse em tom firme, as mãos erguidas gesticulando enquanto falava. – Melhor irmos embora.

Desnorteado, Aimon chamou um táxi. Durante o caminho de volta para o hotel, pensava em abordá-la novamente para quebrar o clima tenso que se instalara, mas não se encararam durante todo trajeto. Ele teve certeza que simplesmente não controlava suas emoções perto de Beatriz. Ela abriu a porta do carro descendo depressa. O clima pesado só foi quebrado quando Aimon questionou:

– Poderemos nos ver novamente?

– Não prometo nada. Boa noite, Aimon.

Ele acenou, questionando-se se a gêmea poderia um dia substituir a ausência de Dalila. E da sacada do Vila Kalaa, uma mulher esperançosa guardava um sonho, observava atentamente o casal ali embaixo sem saber o que conversavam, se despediam-se ou marcavam um novo encontro para dali a alguns minutos. Rogava aos céus que um dia Aimon a amasse como amava Dalila. Tristeza e pesar seriam os acompanhantes de Alicia durante a noite fria.

CAPÍTULO DOZE

Sentando na poltrona de seu quarto de hotel, Aimon resgatava em sua mente as imagens da noite anterior. Lamentava-se dolorosamente por Beatriz ser uma frágil ilusão. Havia a desejado tanto! Tinha certeza que encontraria o sabor dos lábios de Dalila nos dela, mas não pôde dar-lhe nem ao menos um beijo no rosto. E então, uma batida na porta interrompeu seus devaneios. Levantou-se depressa e encontrou Alicia sob o batente.

– Esqueceu de trancar a porta... – ela anunciou, desconcertada. – Espera alguém?

– Não... – Na verdade, Aimon preferia não a encontrar. Não queria dar explicações sobre suas últimas atitudes, apesar de ela ter sido uma grande amiga na noite anterior. – Entre e a feche.

Depois de acatar a ordem, deu alguns passos e se sentou ao lado dele. Prometeu a si mesma que se comportaria como uma visitante adorável. De forma alguma o pressionaria, apenas mostraria seu amor sem medidas, sua paciência e seu respeito a todos os sentimentos confusos que ele trazia consigo. Bem, isso não seria tão fácil.

– Eu já tomei o café da manhã. Estava delicioso. Você não vai? – Alicia até se sentiu tola com aquela pergunta. O que ela realmente queria saber é se alguém havia dormido ao lado dele naquela noite, afinal, ele não tinha dividido o quarto com ela.

Sem encará-la, com os olhos fitos no chão, Aimon respondeu que não estava faminto.

– Eu tomei a liberdade de reservar um passeio para nós. – Mais uma tentativa de interação por parte dela. – Como imaginei que você quisesse descansar, eu escolhi um que sai à tardezinha, às 17h. O retorno será à noite, depois de passarmos em um barzinho, uma ótima oportunidade para aproveitamos a vida noturna daqui. Nosso dia de partida está se aproximando e nós ainda não fizemos isso.

Ele balançou a cabeça em afirmativa. Estava para poucas palavras, como se vivesse uma ressaca - fruto dos últimos acontecimentos.

Outra batida na porta foi ouvida. Alicia cerrou o cenho curiosa. Quem o procurava? Seria Beatriz de novo?

Aimon se levantou para atender. Ela estava linda do outro lado, como de costume!

– Beatriz? – O sorriso do empresário se abriu como a curvatura do arco de uma flecha.

Alicia não viu sua rival, mas o nome dela, pronunciado por Aimon, fez seu coração partir em dois. A flecha afiada e cortante, liberada pelo arco do sorriso do empresário, atingiu-a em cheio!

– Será que podemos conversar? – Beatriz perguntou, com um sorriso envergonhado.

Ele fechou a porta atrás dele, deixando Alicia sozinha. O giro da maçaneta do lado de fora do quarto sinalizou o fim para ela. Estava perdendo-o, concluiu. Nada, absolutamente nada do que fizesse o tiraria dos braços daquela maldita mulher! Sentiu-se frágil e derrotada. Questionou-se como faria para se reconstruir. Teria que se despedir inclusive do emprego, de toda a carreira construída, pois não conseguiria trabalhar ao dele depois de tudo que tinham vivido. Sentindo um vazio tomar-lhe a alma, ela se deitou na cama segurando o travesseiro perto de si, buscando o aroma dos cabelos de Aimon.

Enquanto isso, no corredor do hotel, o empresário puxava Beatriz para longe a fim de ouvir tudo o que ela tinha para lhe dizer:

– Eu pensei muito sobre o nosso jantar. Na verdade, eu só rolei na cama nessa noite. Não deveria ter sido tão grossa com você... – Ela tomou as mãos dele incentivando-o a aceitar o pedido que lhe faria. – Quero um encontro de verdade.

Aimon reprimiu o riso de realização para não a assustar. Aquele convite era um trunfo!

– Então, que assim seja. Podemos nos encontrar no...

– Não. – Ela o interrompeu com um olhar encantado. – Eu já pensei em tudo. Aqui está o lugar e o horário – disse entregando-lhe um papel enrolado, escrito caprichosamente a punho –, quero me retratar...

Em seguida, ergueu-se na ponta dos pés e beijou-o lentamente na bochecha, quase tocando os lábios dele. Sentiu o perfume do empresário e a barba por fazer que não notara na noite do jantar. Ele era encantadoramente sedutor! Entendeu, naquele instante, a paixão de sua irmã. Virou as costas e o abandonou, deixando-o atordoadamente ansioso.

Por dentro, vendo-a partir, ele se cobrou por não ter virado o rosto com rapidez. Teria conseguido roubar um delicioso beijo. Virou nos calcanhares e retornou para o quarto desejando que o relógio se tornasse o maior campeão de maratonas correndo em disparada. Que a noite chegasse logo!

Quando passou pelo batente, ele se assustou com a presença de Alicia. Tinha se esquecido completamente dela. Com a entrada súbita dele no quarto, ela se sentou na cama em um impulso, soltando o travesseiro e enxugando as lágrimas.

– Desculpe-me! – sussurrou envergonhada. – Deveria ter partido. – Colocou os pés no chão em direção à saída, mas sentiu ser segurada pelos braços.

Eles se olharam ininterruptamente por dez infindáveis segundos. Aimon viu o amor que emanava dela no brilho molhado das lágrimas e se sentiu extremamente incapaz. Mais do que isso, um criminoso! Puxou-a para perto dele e a encostou em seu peito.

– Alicia... Não chore! – pediu, com ternura.

Foi como se ele dissesse: pronto, agora você tem um peito afável para chorar. O rosto dela tornou-se cachoeira molhando a camisa dele. E então, ele a deixou derrubar todas as lágrimas que quisesse. Infelizmente, era a única coisa que poderia lhe oferecer.

– Nós dois construímos uma amizade, querida! E eu quero compartilhá-la para sempre.

Ao ouvir o vocábulo "amizade" ela se pôs a chorar ainda mais. "Meu Deus, ele está terminando definitivamente comigo!", pensou. Não sabia onde encaixar tanta dor dentro de si, e ela aumentou ainda mais quando sentiu as mãos de Aimon acarinharem seus cabelos como um gesto de consolo.

– Vo-cê es-tá vi-ven-do u-ma i-lu-são! – ela resmungou, soluçando, ainda encostada no corpo dele. Se pudesse, não sairia nunca dali.

– Alicia! Eu quero paz! Só isso que busco. – O viúvo deu um passo para trás e, apoiando-se nos ombros dela, encarou-a convicto. – Quando estou perto de Beatriz eu me sinto de volta em casa, entende? Eu me encontro! A semelhança dela com Dalila, embora seja apenas física, torna-me o Aimon Gonzalez de antes.

A declaração chicoteou-a. Preferia não ter ouvido aquilo. Desesperada, ela deu pequenos socos no peito dele.

– O que faço agora com o amor que você deixou em mim?

– Não me culpe por isso, Alicia. Foi você quem me procurou. Sabia de toda a minha história. Nem lhe dei esperanças...

– Não! Eu não pedi para você estar naquele maldito pub, embriago e vulnerável! Eu não te procurei. Nós nos encontramos por uma estratégia do destino. Eu sou a sua melhor escolha! Ela não é quem você quer.

– Ok... Ok! Eu sou grato pelo o que você fez, mas não faça escolhas por mim! – Ele começava a perder a paciência. Não suportava mulheres raivosas.

– E tudo o que vivemos? Eu fui uma tola mesmo! – ela gritou desconsolada.

– Eu não consigo ficar com você, caramba! – O grito dele foi mais alto do que o dela. Se estavam medindo forças, ele mostrou quem tinha o poder.

Espantada, ela se afastou lentamente encostando-se na parede gelada. Abaixou a cabeça e chorou de soluçar, mais uma vez. Alarmado com a reação dela, ele desceu o tom de voz e tentou ser claro:

– Alicia, escute! Olhe para mim! – Ela ergueu os olhos, perdida em angústia. – Eu te amo, de alguma forma. Eu não ia te dizer isso, mas acho que precisa saber. Amo você de tal maneira que vou deixá-la partir, porque eu sou um homem preso ao passado, e você merece alguém que tenha os pés no presente. Quando estamos juntos, não é só atração, felicidade e paixão que eu sinto. – Ele engoliu a seco. – Eu sinto culpa e remorso porque me vejo traindo Dalila. Não posso amar outra mulher que não seja ela. E você conseguiu isso de mim. Eu me apaixonei por você e, ao invés desse sentimento me fazer pleno, fez-me o pior dos homens, o mais infiel e podre! Estou pior do que antes.

Ela enxugou os olhos com o punho, desacreditada. Não havia caminhos para eles. Só conseguiu fazer-lhe uma única pergunta, em tom rude:

– Não sentiu isso quando se entregou à irmã dela?

– Se é isso que você quer saber, eu nem sequer beijei Beatriz. Eu não te traí, Alicia.

Quando ela quis respirar aliviada com a constatação, sentiu-se golpeada outra vez:

– Mas estou terminando com você hoje, porque marcamos outro encontro e eu não garanto meus atos futuros...

Alicia sentiu o estômago dobrar-se dentro dela e, junto, veio a náusea. Era repudiante demais ouvir aquilo do homem que amava!

– Você vai deixá-la te tocar, Aimon? Vai beijá-la com a paixão que me beijou? Vai...

– Pare com isso. É sofrimento demais para uma mulher tão bela como você. – Ele aproximou-se dela de novo e ergueu seu queixo. – Não se magoe com o que vou dizer, mas quero que saia do meu quarto.

Alicia se estacou na frente dele. Sentiu-se um lixo, humilhada e destruída, mas ainda assim agarrou-o pelo pescoço e beijou os lábios dele com fervor, decorando cada curva do céu daquela boca. Permitiu-se despedir.

Embora ele não tenha confessado, o beijo o alucinou, porque era verdade que havia se apaixonado por ela. Porém, quando ela virou as costas e o deixou solitário no quarto, sentiu-se aliviado, pois não trairia Dalila nunca mais.

೭ಎ

– Pode me deixar aqui. Está ótimo – anunciou Aimon para o motorista do táxi, olhando pela janela do carro.

A praia Min Aleazim era surpreendentemente bela em seus tons pastéis. A areia, levemente amarelada, confessava a rudeza de seu toque. Era grossa, e as águas cinzentas que a invadiam sempre a visitavam com brutalidade.

O veículo estacionou respeitando a ordem de seu único passageiro. Aimon pagou o motorista e abriu a porta carregando um buquê de flores colorido. Estava certo de que Beatriz se derreteria ao receber o singelo presente, porque Dalila amaria, e também apreciaria o perfume dele com toque amadeirado e a camisa bordô, pois essas eram as escolhas preferidas de sua irmã, e já que elas eram gêmeas...

Seus sapatos desenhavam a areia a cada passo em direção ao lado sul da praia. Atentava-se para cumprir o combinado. Atravessaria o areal deserto até encontrar uma lancha solitária, branca como algodão, ancorada à sua espera. "Beatriz está disposta a tornar essa noite realmente especial", observou.

O sol começava a se pôr, trazia um avermelhado quente para a paisagem. A brisa praiana balançou os cabelos grisalhos de Aimon enquanto ele repuxava a manga de sua camisa na altura dos cotovelos. Preparava-se para pilotar a lancha, sozinho, como combinado. Há tempos não fazia isso. Seria libertador desbravar as águas marítimas depois de anos.

Tirou os sapatos, subiu as calças de sarja, bege como palha, até a altura dos joelhos e entrou na água salgada em direção à lancha que balançava com o movimento das ondas. Acomodou o buquê sobre o banco do piloto, estudou o painel de controle por alguns segundos e a ligou, finalmente. Ele sorriu com a sensação de poder que o tomou diante daquele mar gigante que se exibia em sua frente. Aquela seria sua estrada até a Ilha Al´Ahlam, o único pequeno monte de terra que ele já conseguia avistar dali da beira da praia. "Em dez minutos chego ao destino", calculou.

O vento, causado pela lancha em movimento, o envolveu. Ele fechou os olhos e jogou a cabeça para trás desfrutando da sensação. Não se lembrou de Alicia nem no silêncio solitário que se encontrava, pois sentia-se completamente em paz em direção à Beatriz. Sua mente tinha a enorme dificuldade de desvincular as duas irmãs, embora ele já tivesse se decepcionado com a dessemelhança das duas durante o primeiro encontro. Estava seco para tocá-la. Sabia que naquela noite ela permitiria, se não tivesse essa intenção não teria pensado em um encontro tão especial, repleto de detalhes encantadores e romanceados.

Já Alicia, não precisava nem do silêncio para pensar nele. Os ruídos da rua de Rabat, dos hóspedes do hotel se locomovendo e dos talheres do jantar eram suficientes para gritar o nome de Aimon dentro do seu coração. Sozinha, no restaurante, ela deixou os olhos marejarem de novo. Não estava pronta para perdê-lo à irmã gêmea de Dalila. Nem havia passado uma coisa dessas pela sua cabeça. De qualquer forma, refletiu, ela o perdia para Dalila novamente, porque Beatriz também estava sendo enganada, era um jogo de imitação no qual, sabe se lá porque, ela aceitara participar gratuitamente.

O vento cessava gradualmente à desaceleração da lancha. O empresário, tão amado por suas estilistas, chegava agora na ilha deserta, ao tempo que o sol também acabava de sumir completamente do céu de Rabat. A escuridão já era a única testemunha daquele encontro.

Ele roçou os pés descalços na areia – que agora competia o espaço com um tímido gramado – e surpreendeu-se com o que o esperava. A leste, bem próximo ao mar, um dossel estava montado com cinco tochas acesas ao redor; seus tecidos eram de um tom creme escurecido e desciam docemente pelas quatro colunas de madeira que o sustentavam, formando uma cúpula sobre um colchão extremamente branco, alto, macio e imaculado. O deslumbre de Aimon aumentou quando ele se deu conta da mulher que o esperava sob o baldaquino.

Beatriz estava tentadoramente envolvida por um véu de seda pura, verde jade, ornamentado com pedras brilhantes em seu barrado que cobria-lhe o rosto, os ombros e deixava, misticamente, apenas os seus olhos à mostra e exibiam os fortes contornos de lápis preto, a sombra prateada e esfumaçada em verde musgo, as sobrancelhas perfeitamente desenhadas e repuxadas para cima. Em sua testa descia um pingente dourado em formato triangular que tocava o início da curva de seu nariz, entre os olhos.

Enquanto Aimon sentia cada partícula de seu corpo vibrar de desejo, uma música árabe acoplou-se lentamente ao ambiente, formando um perfeito mosaico sonoro com a quebra das ondas, as notas de um alaúde, o sopro do *nay* e a percussão do *merwas*. Estava no paraíso muçulmano, com a mais bela dançarina.

Quando Beatriz o viu chegar com as flores, queria abraçá-lo com mansuetude, mas dedicou-se devotamente ao gingado de seu quadril desenhando magicamente os movimentos da dança do ventre, com o tinido sedutor do cinturão de moedas que envolvia sua cintura e balançava sistematicamente como um metrônomo.

O empresário, enfeitiçado, não sabia onde centralizar sua atenção, se era para o bustiê que envolvia os bustos dela, ornamentado com cordões dourados, para o ventre definido e bronzeado, ou ainda para as coxas torneadas que ora se mostravam, ora se escondiam pela saia longa e transparente, repleta de fendas, que descia em suas pernas.

Ela desceu habilidosamente as costas para trás, sem perder o balanço da cintura, mostrando o excelente equilíbrio e flexibilidade de seu corpo, pegou do chão duas taças que traziam velas acesas em seu interior. Segurou uma em cada mão e, com elas, fez desenhos no ar, movimentando os braços como uma serpente. Tamanha era a sua delicadeza que o foco de luz em suas mãos não se apagava. Esnobava sensualidade e segurança o tempo todo.

A bailarina aproximava as taças de seu corpo para que, em meio ao ritmo tentador da música, Aimon admirasse cada centímetro de sua pele. Girou em torno de si com os braços abertos e depois trouxe as velas para perto do coração, subindo os braços em cruz, acima da cabeça. Em seguida, virou-se de perfil e, com o corpo parado, deixou que apenas o ventre fizesse movimentos em "s". Como arquitetado, ela atingira toda a consciência de seu espectador que, de tão fascinado, começou a caminhar na direção dela. E como um lobo que há muito observava a sua presa, ele a agarrou pela cintura arrancando o fôlego dos dois. Havia urgência em cada toque, em cada deslizar. Ela o afastou com polidez, provando que ainda era ela quem ditava o ritmo daquela canção.

— Você me enlouqueceu... — ele murmurou, em transe, envolvido pelo perfume doce que saía da pele dela. — Deixe-me tocá-la, senti-la perto...

Beatriz havia mostrado para ele uma Dalila bailarina. Ele não havia imaginado como seria magnífico ver sua esposa em trajes árabes. A semelhança entre as duas o fazia beirar a insanidade. Temia até mesmo trocar os nomes.

Ela sorriu com a confissão e, com a ponta dos dedos nos ombros dele, girou em torno de seu admirador. Afagou as costas dele como se fizesse uma carinhosa inspeção.

— Relaxe, Aimon... Teremos tempo para tudo. — A voz estava rouca de desejo e exalava um leve aroma de menta.

Aquilo deixou Aimon assombrado. Balas de mentas eram as preferidas de Dalila também. Adorava beijá-la quando sua boca trazia aquele toque refrescante. No mesmo instante, imaginou-se perdido nos lábios carnudos de Beatriz.

— Eu trouxe um delicioso vinho para nós. Ainda devemos desfrutá-lo. — Ela agora estava de frente a Aimon, acariciando o rosto dele. — Você nem me entregou as flores...

Ele riu de si mesmo. Seu sangue já estava completamente contaminado pela sedução daquela mulher e ainda teriam muito o que conversar?

— Não me frustre, Dalila, por favor... — ele respondeu, sorrindo com o canto dos lábios, em tom galanteador. Trocou o nome de Beatriz sem perceber e, aliás, nenhum dos dois se deu conta daquilo.

O empresário deu um passo para frente colando seu corpo ao de Beatriz. Sentiu o calor envolvente da pele dela e a respiração ofegante que perpassava o véu de seda.

— Deixe-me vê-la por inteira? Arranque até mesmo esse véu!

Ela se afastou rapidamente como quando dois ímãs de polos idênticos se encontram. A respiração ficou mais forte.

— Desculpe-me... — ele continuou, desajeitado. — Não quero desconcertá-la, nem ser rápido demais. Acontece que você conseguiu me hipnotizar.

Beatriz sentiu-se relaxar novamente.

– Você não deve tirar o meu véu.

Aimon sorriu, sem entender. Aproximou-se dela mais uma vez e acariciou sua face por cima do tecido:

– Como devo beijá-la, então? Seu hálito tem me feito esquecer até mesmo quem sou...

– Beije meu corpo... – A resposta saiu sussurrada e se o véu não a protegesse, Aimon teria visto seu rosto se ruborizar.

– Ah, minha linda... Isso eu quero fazer desde o momento que a vi sob esse dossel.

Ele sentiu sua mente e seu corpo serem tomados pelo aconchego de Beatriz. Suas mãos deslizaram sobre a maciez da pele dela como um mágico afaga sua cartola, tendo certeza de que poderia transformá-la em uma belíssima ave cantante. Faria o coração dela estremecer sob o dele como nunca antes... Abriria caixas intocáveis para entregar-lhe prazer.

Absorta e vulnerável às sensações que aquele homem lhe provocava, ela sentiu o corpo arrepiar e se contorcer. A doçura dos sentimentos que a invadiam tomou a sua mente. Por uma fração de segundo ela se viu em uma cama fiel, acolhedora e íntima. Aquele lugar do passado, que agora visitava sua memória, era tão seu! Era livre, amada e protegida. A imagem, de tão real, a fez sussurrar nos ouvidos de Aimon enquanto, juntos, eles alcançavam o arco-íris:

– Meu caçador...

Aquela palavra tão familiar adentrou os ouvidos de Aimon como se desbravasse uma casa abandonada, empoeirada e esquecida no tempo. Não podia ser, tamanha semelhança era absurda!

Com o rosto transpirando depois da experiência íntima e inesquecível que haviam compartilhado, ele puxou a mão direita dela para perto dos olhos. Nada! Puxou a outra mão e... nada! Onde estava a cicatriz da noite anterior?

– O que foi? – ela exclamou sobressaltada ao vê-lo desesperado.

– Arranque esse véu agora!

– Você não pode falar assim comigo. O que está havendo?

Ele fez questão de não sair de cima do corpo dela, a deixaria estrategicamente bem presa sob as pernas dele.

— Eu já disse! Se não arrancar esse véu, eu vou tirá-lo à força!

— Pare com isso! Largue-me! — A ordem foi um grito.

Vendo a resistência da mulher, Aimon segurou rapidamente o véu, puxando-o para cima, sob os protestos da mesma. Com a força, alguns grampos se soltaram e até a machucaram. Tomado por fúria e vendo seu rosto completamente descoberto, ele forçou a cabeça dela para a direita, levantando seus cabelos até encontrar o que procurava. Quase perto da nuca uma delicada tatuagem trazia os dizeres em letras arredondadas: *Aimon Gonzalez.*

Ele pulou para trás inconformado:

— Dalila!!!

Lembrou-se do presente surpreendente e especial que ela havia lhe prometido no oitavo aniversário de casamento, do susto ao ver a sua pele machucada pela tatuagem recém-criada, e da gargalhada, de incredulidade e paixão, que ele a entregou como agradecimento.

Na manhã anterior...

As lâmpadas dos postes eram fracas para a escuridão que tomava as ruas de Rabat. Com o silêncio, qualquer mexer de pés era percebido. Beatriz tinha consciência do enorme risco que assumira. Era o pior de todos. Por sorte, Thierry não dera conta da sua saída. O relógio a favorecera, eram 4h da madrugada e seu amigo já estava no mundo dos sonhos há muito tempo!

Encontrava-se exatamente no ponto combinado, mais uma vez em frente à cafeteria Naji Alquhawat. O segundo bilhete que recebera, depois de uma batida na porta, era estranhamente desigual aos outros. Ainda trazia recortes de revistas, mas abandonara a ideia das pistas. Agora era objetivo, sem deixar oportunidade para a dúvida:

Encontre-me às 4h da madrugada, sozinha, em frente à cafeteria Naji Alquhawat.

Saber quem e como a receberia era um mistério. Poderia ser um grupo malfeitor que a raptaria como fez com o filho, ou uma única pessoa, porta-voz do bando. Seu corpo estava gelado enquanto pensava a respeito. Não atrasara nenhum minuto, mas ninguém tinha aparecido ainda. Virando a esquina, no outro quarteirão, o carro, ainda indecifrável, apontou os faróis na direção dela. Naquele momento, Beatriz sentiu um impulso involuntário, um aviso de que deveria correr. Porém, controlou todos os sinais de seu corpo e só sentiu a adrenalina correndo veloz por ela, enfurecida por não ter sido atendida.

Quando o automóvel parou diante dela, Beatriz, que nem entendia de carros, reconheceu o modelo no mesmo instante. Era um *Rolls-Royce Phanton* na cor grafite, pertencente à linha mais luxuosa da marca. Como não reconheceria o modelo de carro inglês usado para levar a rainha da Inglaterra passear?

Todos os vidros eram fumês, de maneira que ela não conseguiu ver quantas pessoas estavam lá dentro. A porta da frente, do lado do passageiro, foi aberta devagar, sem se escancarar. Ela entendeu que a pequena abertura a convidava para entrar no carro, mas sem exibir o seu motorista aos possíveis curiosos. E, então, não vacilou. Abriu-a depressa e entrou.

Era enigmático e apavorante. Sentia-se a rainha sentada sob o banco de couro bege e diante de um requintado painel de madeira, da raiz de nogueira, mas também uma prisioneira condenada, pois o carro era conduzido por uma mulher totalmente coberta, de burca e luvas pretas.

Olhou para o banco de traz, procurando outros convidados para aquele encontro.

– Estou sozinha – respondeu a motorista misteriosa, já acelerando o carro novamente.

Para onde estavam indo? Beatriz endireitou o corpo e colocou o cinto, apavorada. Não sabia se aquilo seria útil caso ela quisesse matá-la com um acidente de carro, mas ao menos lhe trazia segurança.

– Vou ser o mais objetiva possível. Assim como você, quero terminar logo com isso.

A constatação trouxe certo alívio para Beatriz. Facilitou até mesmo sua respiração. O carro estava todo fechado, mas nem o ar condicionado aliviava a sua impressão de enclausuramento.

O *Phanton* parou novamente e a mulher colocou-se a falar:

– Ali, à sua direita, está o orfanato Hadigat Sahira que, traduzido, significa Jardim Encantado. Stéfano está aí.

Beatriz ficou boquiaberta com a revelação. Quis se emocionar, mas se conteve. Entendeu a pista do antepenúltimo bilhete. Ele dizia que, próximo a um tradicional café, havia um jardim encantado. E elas estavam muito próximas à cafeteria Naji Alquhawat. O fato de ele estar em um orfanato também justificava a imagem captada por Thierry, em uma de suas fotos, pois nela, as mulheres que o acompanhavam estavam com roupas muito parecidas, como se vestissem uniformes.

– Como vou conseguir tirá-lo dali? – Foi a primeira vez que ela falou durante o encontro. Ainda estava com os olhos fitos no portão do orfanato.

– Preparei todos os documentos para isso. Estão no porta-luvas. Pegue-os. – Nem com essa ordem, indicando com o dedo o lugar que os papéis estavam, a motorista virou o rosto para encarar a passageira.

Beatriz sentiu-se até desconfortável em abrir o porta-luvas, porque não estava acostumada com tanto luxo. Mas quando pegou o envelope branco esqueceu-se de tudo. Viu-se perto do filho, definitivamente. E quando ela pensou que a motorista a mandaria descer, o carro acelerou silenciosamente. A certeza de que tudo estava encaminhado para encontrar Stéfano deixou-a em paz, mesmo percebendo que a mulher a levava para longe. A adrenalina já tinha evaporado, só sentia alegria e, até mesmo, gratidão.

– Agora que você já sabe como encontrá-lo, deve me fazer uma coisa.

"O que quiser!", ela quase respondeu.

– Você está hospedada no mesmo hotel de Aimon Gonzalez – a mulher estranha continuou.

O nome do empresário soou de forma muito familiar para Beatriz, como se ela já ouvisse aquela voz dizendo o nome dele por centenas de vezes. Ela cerrou o cenho, olhou para cima e à direita, tentando acessar a sua memória. A voz familiar continuou:

– Jantaram juntos ontem à noite, como ordenado. Foi uma forma de aproximá-los para que você possa cumprir a segunda parte do plano, pois agora eu quero que você marque outro encontro com ele, para esta noite, dizendo que vai esperá-lo na ilha Praia Min Aleazim. Diga que uma lancha branca vai estar esperando-o, ele mesmo deve pilotá-la até a ilha. No entanto, você, Beatriz, não deve ir.

– Está me pedindo para colocá-lo em uma armadilha? Devo entregá-lo em troca do meu filho? Quer a fortuna dele? – Beatriz estava incrédula e confusa.

– Já disse. Quero Aimon Gonzalez. Faça isso.

O nome foi dito mais uma vez e clareou ainda mais a mente de Beatriz. Ela percebia estar cada vez mais próxima da resposta. Continuaria provocando a mulher até desvendar o mistério.

– Não vou fazer troca alguma! – Arriscou. – Peça o quanto quer em dinheiro, darei um jeito de te pagar.

– Não quero dinheiro. – Não só a afirmação, mas também o tom de desespero não combinou com uma sequestradora. Era contraditório.

Beatriz se viu ainda mais desconfiada. Era loucura o que a sua memória, de repente, lhe contara. Era impensável, alucinável, mas tentou um último golpe a fim de confirmar sua suspeita:

– Tudo bem, vai ser fácil. Ele tem me desejado como um louco!

A caça estava feita! A motorista freou bruscamente o carro, assustada. Não que ela não soubesse daquilo que lhe fora contado, mas ouvir a irmã confessar os detalhes com orgulho e prazer, já era demais! Junto à freada brusca, Dalila, enfim, olhou para a sua passageira.

Beatriz, apavorada, fez questão de aproveitar a oportunidade para reparar na única parte do corpo à vista daquela mulher. Embora a burca não entregasse uma imagem clara, devido à redinha de tecido que tampava os olhos dela, Beatriz sentiu a estranha sensação de olhar para si mesma, para os seus próprios olhos. Isso não acontecia desde que a irmã tinha morrido...

– Dalila? – Ela arriscou, com a voz baixa. Apesar de ser um absurdo, os olhos confirmavam o que a memória da voz da sua irmã lhe contara.

– Você precisa me garantir que vai esquecer tudo o que viu e ouviu aqui... – a irmã respondeu, decepcionada. Não era parte de seus planos contar toda a verdade, mas precisaria.

CAPÍTULO TREZE

Ele já tinha vivido aquele momento antes, quando encontrou Beatriz no restaurante do hotel. No entanto, agora era diferente. Ele podia sentir, dentro dele, de que tudo era real, não devaneios da sua mente. E, por conta disso, nem sabia como reagir. Estava intacto, de pé diante do dossel, observando a sua esposa sentada no colchão e segurando o véu contra o peito.

— Nós precisamos conversar... — Dalila se sentiu gelar. Planejara cada detalhe daquela noite, menos um discurso explicativo e revelador. Os rumos que o encontro tomou, na verdade, foram contra o script.

Aimon só conseguiu balançar a cabeça em afirmativa, sentindo que um buraco negro surgia em seu peito. Foi levado para o passado, para as lágrimas que rolaram sobre o túmulo dela, para a vida mórbida que aceitou, recusando a felicidade, outros amores, outros braços... Mais do que incredulidade, ele sentiu frustração. Não era um homem viúvo, mas traído, e isso mudava completamente as características da sua dor.

— Eu desperdicei três anos inteiros da minha vida por um luto que nunca existiu. — As palavras foram ditas sem pensar, como se ele conversasse consigo mesmo. Os olhos estavam semicerrados, viajando nas ruínas da sua memória.

— Desculpe... eu...

— Não fale! — O empresário espalmou as mãos na frente do corpo, impedindo o final da frase de Dalila. — Surpreendentemente eu não quero te ouvir. Sabe, quando vi a sua irmã pensando que ela era você, eu quis explicações. Mas, de repente, agora que realmente estou diante de uma Dalila viva, eu não quero... — Ele passou a mão nos cabelos, jogando-os para trás e a deixou ali por alguns segundos. — Quero que você fique calada, como estava nesses três anos...

— Não! Por favor, meu amor. Eu preciso falar...

Ele soltou um riso irônico:

– Han... Chama-me de *amor*? – Fitou a lancha balançando sobre as ondas e virou-se para a esposa, decidido. – Eu preciso digerir, primeiro, o fato de que você está viva. Por hoje é só. Eu vou embora...

A mulher se levantou correndo e o puxou pelo braço, não lhe dando tempo para dar nenhum passo.

– Não haverá amanhã, Aimon. Infelizmente, não posso te dar esse tempo.

Ele olhou para o rosto dela e sentiu raiva. Não a reconheceu. A mulher para quem havia devotado sua vida era uma farsante. A imagem que trazia dela em suas lembranças se estilhaçou como uma taça de fino cristal.

– Eu lamento muito por nós dois, pois realmente não tínhamos escolha – Dalila prosseguiu, com o olhar baixo.

– Não tínhamos? Você está me incluindo como responsável desse seu plano terrível?

Ela colocou o rosto dele entre suas mãos e, observando cada detalhe, respondeu com a testa franzida de preocupação:

– Não foi só você que sofreu, meu amor. A vida nos arrancou brutalmente um do outro. Aquele acidente de carro nos matou, sim, de certa forma. Ele nos afastou.

– Seja clara. – Estava impaciente e irredutível.

– Então, sente-se do meu lado para eu ter certeza de que você não vai fugir com essa lancha.

– Dalila! – O nome foi dito rápido e exigente. – A minha paciência está no limite.

– Tudo bem, tudo bem. – Ela colocou as mãos unidas em frente ao próprio rosto, como se fizesse uma prece. – Aquele menino que você matou no acidente era muito especial, Aimon. Que tremendo azar tivemos naquele dia, meu amor! Ele se chamava Samir e era filho de Omar, um poderosíssimo *sheik* marroquino que é chefe, clandestinamente, de um grupo milenar especializado no contrabando de pedras preciosas. Estavam em Buenos Aires à turismo. – Ela sentiu a garganta secar de temor. Rezou para que ele acreditasse nela, porque tudo era verdade. – Naquela noite, eu fui levada ao hospital desacordada, mas, depois dos primeiros socorros, eu fiquei bem. Apenas deveria ficar algumas horas em observação. Não demorou muito e um dos porta-vozes do *sheik* me procurou, fazendo-me ameaças. Dizia-me que tinha uma arma presa ao cinto da calça, sob a camisa, e que estava pronto para sair dali e matar você, Aimon! Mataria você por conta da criança...

As imagens do quarto de hospital se recriaram na mente de Dalila. Enquanto contava todos os detalhes para o esposo, lembrou-se de todas as sensações sufocantes que a tomaram.

– Enfermeira, enfermeira! – A garganta parecia não respeitar os desejos de Dalila. Tentara gritar, clamar por socorro, mas tudo não passara de um sussurro. Estava fraca, com o corpo largado sobre a cama do hospital. Sentia-se dolorida por inteiro e assustada. Desviava o olhar sempre que via manchas de sangue em sua pele.

– Cale a boca ou eu te mato também. – Os cabelos negros, iguais aos olhos, estavam perfeitamente alinhados. A pele morena alaranjada brilhava com a transpiração do homem misterioso. – Sua sorte, mulher, é que o sheik está com um ótimo humor, ou melhor, eu diria que hoje é mais um daqueles dias em que ele quer desperdiçar sua fortuna com vadias.

Atemorizada e sentindo seu peito subir e descer rapidamente de agonia, ela continuou ouvindo-o:

– Ele quer te dar uma chance. Você e uma criança em troca da vida de seu marido.

– O quê? – A pergunta demonstrou toda a incredulidade que a tomava naquele momento.

– Se você for embora com ele e trouxer um menino junto, a vida de seu marido será poupada.

– O que ele espera ganhar com isso? Usar-me e matar-me depois?

– É matemática. Simples! Seu esposo subtraiu o bem mais precioso do sheik essa noite, o único menino que ele tinha, herdeiro de todo império. Ele quer uma criança no lugar e, junto a isso, arrancar o bem mais precioso do homem assassino. Com ele é olho por olho, dente por dente.

Dalila arqueou a sobrancelha:

– Aimon não é um assassino! Acidentes acontecem, pelo amor de Deus!

– Já disse. Afirme o pacto ou você vai velar o seu marido.

– Investigaram minha vida, descobriram que minha irmã tinha um filho, raptaram-no e o trouxeram para cá, junto comigo. O *sheik*, então, conseguia o que queria: fazer-me sofrer por uma criança também. Não fizeram mal algum a ela, ao contrário, deixaram-na sob meus cuidados. Porém, saber que minha irmã perdera o filho por minha culpa, era uma tortura sem limites. Um tempo depois eu consegui convencer o *sheik* a entregar Stéfano em um orfanato. Já era parte de meus planos devolvê-lo à minha irmã, e eu consegui realizá-lo, graças a Deus! Encontrei-me com Beatriz esta manhã, deixei tudo encaminhado para que ela consiga buscá-lo! Choramos muito juntas.

Aimon não estava aliviado diante da revelação. Ao contrário, seus ombros se tencionaram ainda mais. De início, questionou a veracidade dos fatos.

– Por que eu deveria acreditar em você?

– Meu amor! Você me conhece, vivíamos o casamento dos sonhos. Não havia motivos para eu te abandonar. Além do mais, eu teria que ter armado tudo: o acidente, a morte da criança, o velório. Só um homem muito poderoso e bilionário poderia bancar a farsa de uma morte. Meus documentos foram trocados, meu nome não é mais Dalila. Minha certidão de óbito foi falsificada.

– Quem está enterrado em seu lugar?

– Um monte de pedras...

– Meu Deus, Dalila! – Ele colocou a mão na cabeça e girou nos calcanhares, perdido, sem saber para onde olhar. – Não pode ser! Por que você fez isso comigo? Eu fui ao seu velório. Eu vi o seu caixão ser enterrado...

– Aimon! – Ela tocou as costas dele, tentando despertá-lo. – Você ainda não entendeu? Eu firmei um *pacto* por amor, *renunciei* minha própria vida, minha carreira, minha família, meus sonhos, o nosso casamento porque eu te amo! Eu te amo tanto que, de forma alguma, aceitaria viver sabendo que você está morto.

O empresário virou o corpo encarando-a desolado e apontando o dedo indicador, com um grito:

– Você foi egoísta! Egoísta! Não quis conviver com a minha morte, mas *eu* tive que lidar com a sua! Não imagina o quanto eu sofri nesses três anos? Preferia ter morrido! Suas roupas, seus perfumes, tudo eu deixei como estava...

– Abandonou a Gonzalez Vesti por um tempo, mas tem retomado recentemente, faz terapia e mantém poucos amigos. Sim! Eu sei de tudo, porque você é uma figura pública, Aimon, e eu acesso os sites de notícias argentinos todos os dias para saber sobre você. – Ela respirou fundo antes de continuar: – Eu te agradeço por não ter esquecido o nosso amor facilmente, mas hoje eu estou aqui para te suplicar: siga em frente! Faça valer a pena todo o meu esforço.

– O quê? Você quer me pedir para seguir em frente? Acha mesmo que eu sou uma máquina sob programação?

Ela abaixou o olhar entristecida, segurou uma mão na outra, afagando-as e, com um tom de voz leve, cobrou-o:

– Desculpe-me, mas é você quem está sendo egoísta. Já parou para pensar, só por um segundo, o tamanho do perigo que estou correndo por ter decidido estar com você esta noite? De tudo que eu enfrentei estando em outro país, imersa em uma cultura extremamente diferente da minha, sendo parte de um *harém* quando antes eu era única, amada e feliz? Eu também vivi a *minha* morte e a *sua* ausência. Precisei me reorganizar completamente. E se hoje eu estou te pedindo para seguir em frente é porque não quero, de forma alguma, pensar que todo o meu esforço valeu para nada. Não foi fácil entender que a nossa história acabou, mas eu só tinha essa escolha.

Aimon sentiu um baque no peito, como se acordasse de um sonho. Ele estava diante da mulher da sua vida, novamente, e dessa vez ela era uma heroína. O amor de ambos era incondicional, porque nenhum quis conviver com a morte do outro. Ela havia sofrido todos esses anos também e ele estava sendo cruel demais. Sentiu um nó na garganta.

– Querida... – Pensou que diria tantas coisas, mas só conseguiu abraçá-la, envolver as mãos nos cabelos dela e chorar de soluçar.

As lágrimas se uniram em um cálido beijo repleto de saudade e necessidade. Queria tomá-la nos braços e raptá-la, seria a sua vez de roubá-la. Sentiu o coração dela palpitando contra o seu e agradeceu aos céus por ele bater. Estava viva! Sua mulher, sua eterna princesa, estava viva! Respirava, estava quente! Ele não havia a matado naquele maldito acidente. Não precisava mais carregar esse remorso – sentiu-o sair de suas costas naquele instante, como se a bola de fogo que o queimava todos os dias se apagasse completamente.

– Eu te amo, eu te amo! Não vou deixá-la partir nunca mais.

Ela sentiu ressuscitar nos braços dele, a Dalila de antes estava de volta dentro dela. De tão envolvida àquela sensação de retorno a casa, se permitiu acreditar que ele poderia levá-la para longe dali, ainda que essa certeza a tomasse por apenas alguns minutos, enquanto ele a tocava novamente por inteiro e a deitava sob o dossel.

As lágrimas dos dois não cessavam, misturavam-se ao prazer que transbordava da pele deles. Queriam tomar um ao outro para si, esconderem-se juntos de todos os perigos e ameaças, da morte, de qualquer pacto que pudessem afastá-los mais uma vez. Os beijos, o rolar dos amantes sobre o colchão, as palavras sussurradas... tudo demonstrava a necessidade de ter um ao outro para sempre e de se entregarem loucamente à paixão que compartilhavam. Mostravam, em cada roçar de pele, o intenso amor que carregavam, traziam o nome um do outro tatuado nas ligações químicas de seus genes, em cada partícula de oxigênio que entrava por seus pulmões, nas paredes de suas veias, em toda corrente sanguínea. Eram parte um do outro e seriam eternamente, longe ou perto, fortes ou fracos, inteiros ou em pedaços. Porque ambos sabiam que só se encontra um amor assim uma única vez.

O grito de entrega, de tão vívido, ecoou nas profundezas do oceano que o envolviam. Seria capaz de alterar até mesmo o movimento das ondas, a direção das correntes e a organização dos cardumes.

Deitaram um ao lado do outro, com os braços soltos e esticados, olhando para o dossel. Sentiram o mundo girar. Estavam exaustos e radiantes, mas não se permitiram adormecer, porque todo o tempo dessa vida ainda era pouco para estarem juntos.

"Leve-me para nossa casa!" Era o que Dalila mais desejava dizer para Aimon, mas não podia. Não é possível quebrar um pacto...

Ele virou o rosto e a observou com um sorriso encantador de felicidade:

– Você não mudou nada nesses três anos. Continua linda... E mais, tornou-se uma belíssima dançarina do ventre.

Dalila esboçou um sorriso, um pouco triste, porque já sentia o que estava por vir: a despedida que nunca aconteceu. Apoiou-se sobre o cotovelo, ainda deitada, fitando-o:

– A dança do ventre é mais uma das habilidades que eu aprendi nesse tempo longe, meu amor. Eu também descobri que é possível renascer das cinzas, construir castelos sobre ruínas, polir pedras que se partiram ao meio. E é isso que você vai precisar fazer de hoje em diante. – Ela segurou a mão dele, afagou-a e beijou-a com ternura. – Talvez você tenha pedido aos céus uma última noite e você a alcançou. Seja feliz, meu caçador. Recrie-se, permita-se seguir sem mim...

– Não... – Ele a interrompeu sentando-se no colchão, voltava a sentir a dor da ausência dela mesmo antes de partir.

Dalila se sentou também e colocou o dedo indicador sobre os lábios dele pedindo silêncio:

– É assim que deve ser... Por favor, seja feliz! Eu estou te permitindo ser. Você precisa recomeçar, inclusive, com outra mulher, alguém que cuide de você. – Ela o abraçou incentivando-o e sussurrou ao pé de ouvido: – Seremos sempre um do outro e basta sabermos que estamos vivos para sermos felizes novamente.

Aquele abraço o fez sentir a seriedade daquelas palavras. Dalila não estava blefando, eles se despediam de verdade, de uma vez por todas. Precisaria ser forte para aceitar os fatos, finalmente. De certa forma, pensou, ela tinha razão ao dizer que era possível continuar a jornada quando se sabia que o outro estava vivo. Era um bálsamo! O remorso por sua morte não o acompanharia nunca mais. Talvez tudo fosse mais fácil dali em diante porque ela respirava, porque ela lhe permitiu escolher outra mulher. Teria que, como ela, aprender a amar de longe e em paz.

Para terminar com sua angústia de uma vez por todas e terminar a história dos dois, ele quis sanar uma última dúvida:

– Eu preciso saber, de verdade, se você é feliz.

Ela olhou para o lado sorrindo, deliciando-se do cuidado dele para com ela. Depois, acariciou o rosto dele e respondeu com toda sinceridade:

– Existem muitas formas de felicidade, meu amor. Eu descobri uma diferente daquela que eu desfrutava ao seu lado, mas ainda é felicidade.

– Conte-me!

– Quando eu vim para Rabat, não sabia ao certo o que aconteceria comigo. Imaginei-me chegando aqui e sofrendo nas mãos de um homem que me usaria e me mataria depois. Mas isso não aconteceu. Ele se casou comigo, sob a lei muçulmana. Fez-me sua esposa de verdade. Aliás, mais uma de suas esposas. – Dalila acertou os cabelos atrás da orelha, estava um pouco desajeitada para contar os detalhes da vida dela. – Eu fui agraciada, meu amor, pois Deus me deu um filho homem e, com isso, convenci o *sheik* a entregar Stéfano no orfanato, embora ele não possa nem imaginar que vou devolvê-lo à mãe. Então, mais uma vez, Omar tem um único filho homem e eu me tornei a mais beneficiada das mulheres por isso. Tenho a minha própria mansão, meus inúmeros empregados e toda a riqueza que imaginar. Sabe? Eu conheci o poder. – Ela mordiscou os lábios, pensativa. – Omar não é um homem maravilhoso, encantador, apaixonante, de forma alguma. Mas aprendi a lidar com ele. Aliás, isso nem me preocupa muito, pois ele não costuma me visitar com frequência, se o vejo três vezes no ano é muito.

De tudo o que ela lhe dissera, algo o tocou mais:

– Você tem um filho!

– Sim. É mais um dos motivos pelos quais eu não me arriscaria em fugir com você, meu amor. Eu sou uma mãe realizada e feliz ao lado dele.

Ele abaixou a cabeça, digerindo a revelação. Desejaram construir uma família, mas não tiveram tempo. Era uma história partida ao meio, mas calou-se, não ousaria feri-la com a sua dor. Ergueu novamente os olhos e tocou as bochechas dela com a costa de sua mão:

– Você é a minha *intocável*. O amor maior do mundo, mas proibido.

– Eu serei sempre a *intocável*, não apenas por estar longe de você, mas também porque o meu coração estará blindado para sempre, guardado para você, sem poder ser tocado ou invadido por nenhum outro homem.

Ele engoliu a seco, sentindo a garganta doer. Entregou-lhe um sorriso triste.

– Eu preciso partir – Dalila sussurrou, sentindo-se despedaçada.

Aimon respirou fundo buscando os resquícios de força que lhe restavam:

– Você realizaria um último desejo?

– O qual você quiser...

– Deixe-me partir primeiro. Eu não suportaria vê-la ir embora duas vezes da minha vida. Se eu for, vendo-a ficar sob esse dossel, guardarei comigo a certeza de que você está em um paraíso, numa ilha deserta, e que eu poderei visitá-la sempre que desejar.

Ela piscou rápido e uma lágrima pesada escorreu em seu rosto. Balançou a cabeça em afirmativa dizendo-lhe "vá", repetidas vezes. Aimon não suportou a cena e a abraçou em consolo.

– Eu te amo, eu te amo, eu te amo! – disse, enchendo-a de beijos apaixonados. – Você tem toda a minha admiração por renunciar a sua vida a fim de poupar a minha. Se precisar de qualquer coisa, qualquer coisa mesmo, você sabe onde me encontrar. Como cartas, e-mails, mensagens de celular ou qualquer outro tipo de correspondência podem colocar nossa vida em perigo, eu nunca deixarei de ser holofote dos jornais para que você saiba, de alguma forma, sobre mim.

Dalila só balançava a cabeça em afirmativa, segurando outras lágrimas que tentavam se libertar.

– Quem sabe um dia, quando estiver viúva, bem velhinha, você possa me reencontrar. – Ele sorriu com a possibilidade. – O pacto terá se findado, não?

Dalila riu com tamanha criatividade e esperança.

Abraçaram-se pela última vez, afagaram os lábios com um beijo doce pela última vez, trocaram olhares apaixonados pela última vez. E, então, ela se sentou no dossel para vê-lo partir, como ele havia pedido.

Ele entrou na lancha, relutante. Acelerou-a querendo freá-la, dirigiu ao Norte implorando pelo Sul, sentiu o vento a favor quando o queria desfrutá-lo contra. Gritou, sem parar, que a amava, que a desejava, que era seu caçador. Mas também cuidou para deixar, em cada onda que ultrapassava, suas velhas bagagens repletas de tristeza, dor, remorso e saudade sufocante. Ganhou novas mochilas repletas de paz, tranquilidade, saudade libertadora e um mapa de novos trajetos. Sentiu-se renascer.

EPÍLOGO

Na entrada principal do aeroporto Ezeiza, em Buenos Aires, Alicia retirava suas bagagens do carrinho e a entregava para o taxista. Deixara Rabat e Aimon para trás antes do previsto. Depois do pedido feito pelo empresário, para que ela saísse do quarto dele, ela tratou de arrumar as malas e partir de sua vida o quanto antes. Era definitivo, ordenou a si mesma.

Ao longo da cansativa e solitária viagem de volta, cobrou-se por suas últimas atitudes. Prometeu a si mesma que, dali em diante, seria uma mulher mais forte. Sem medo algum, reescreveria sua própria história, porque era capaz de esquecer um amor, não era? Pediria sua demissão da Gonzalez Vesti também. Seu talento e experiência seriam aceitos facilmente em outras grifes, embora soubesse que, se exigissem testes de *croquis* em sua entrevista, ela só teria inspiração para tons de cinzas e borrões de lágrimas.

No caminho de volta para casa lembrou-se da conversa, por telefone, que tivera com Rúbia, ainda em Marrocos:

– Amiga, pare com isso! O ricão não merece você. É um completo idiota.

– Convença o meu coração disso... Não tem sido fácil.

– Vai dar tudo certo, você vai ver! Mas largue essa ideia louca de sair da Gonzalez Vesti. Você não deve destruir sua carreira por causa dele.

– Eu não vou aguentar vê-lo todos os dias lá.

– Vai sim! – Rúbia gritou do outro lado da linha. – E ainda vai esnobá-lo quando tiver um novo namorado.

Alicia riu de decepção. Sua amiga tinha uma forma desajuizada de encarar os fatos.

– Eu estou cansada de tudo isso. Vou esperá-lo voltar – se é que retorna – e pedirei minha demissão.

– Você é teimosa mesmo!

Ao recobrar-se da última frase da amiga, olhou pela janela do carro e viu seu edifício. Estava de volta!

Aimon e Thierry estavam diante do orfanato Hadigat Sahira esperando por Beatriz que, há algum tempo havia entrado no prédio, com os documentos entregues por Dalila. O francês, alucinado, segurava a máquina fotográfica ansioso para o clique. Prometera à amiga que registraria, com todo carinho, o momento em que ela saísse com Stéfano nos braços. Entretanto, toda a sua concentração foi arrancada pela inquietação do empresário. De braços cruzados, olhava para todos os lados, tenso.

– Ei, cara! O que é isso? Vai dar tudo certo! O mais difícil Beatriz já conseguiu: encontrou o filho.

Ele sabia muito mais do que Thierry. Tinha a consciência de que, a devolução da criança, também era um risco para Dalila, para ele, e para Beatriz. Insistia em reparar aos arredores para se certificar de que não havia espiões ou capangas preparando-se para atirar.

– Relaxa! Vamos falar de outras coisas. Solte esses braços – disse-lhe, esmurrando os ombros dele. – Conte-me sobre sua namorada. Ela foi embora mesmo?

Aimon não sabia se ria da ingenuidade de Thierry em querer deixá-lo relaxado com outro assunto complicado ou se voltava a se preocupar com a ausência de Alicia, como ele, indiretamente, sugerira.

– Sim, o hotel me confirmou. Ela saiu ontem à noite.

– Vocês terminaram mesmo, então?

– É... Acabou – Aimon abaixou a cabeça, fitando seus pés. Lamentava muito por todo o ocorrido.

– Procure ela, cara! Você sabe onde ela mora. Não se mudaria para Marte tendo uma casa em Buenos Aires.

Aimon levantou a cabeça novamente, rindo. Como Thierry era divertido!

– Eu a machuquei demais!

– Mas só você pode curá-la, amigo. – O tom da voz foi sério, acompanhado por um cerrar de cenho.

O empresário se surpreendeu de novo, dessa vez com a verdade da constatação. Arqueou a sobrancelha com um sorriso, divertindo-se com a espontaneidade e imprevisibilidade de Thierry.

Beatriz apareceu no portão do orfanato e sua presença interrompeu a conversa dos dois. Mais que depressa, Thierry pegou sua câmera e apontou para a imagem mais emocionante de toda sua viagem. Em frente ao portão de aço, rígido, opaco e cinza, Beatriz se destacava como uma pintura, com sua blusa vermelha estridente, a calça jeans surrada, e o menino loiro, corado, enlaçado ao seu pescoço. Ao lado de ambos, os olhos de uma mulher sorriam. Era só o que conseguiam ver, pois todo o seu corpo estava coberto pela burca preta.

Todos se emocionaram com a cena, reparando as lágrimas silenciosas que desciam pelas bochechas de Beatriz. A criança não se soltava do pescoço dela nem por um instante, parecia reconhecer o cheiro da mãe mesmo depois de três longos anos. Estavam em paz novamente.

※

Vinte dias depois...

As pernas de Aimon estavam agitadas sob a escrivaninha enquanto ele segurava o telefone no ouvido, em ligação com sua secretária:

– Tereza, informe ao departamento de marketing que, na próxima semana, distribuirei as roupas de Dalila entre as entidades beneficentes da cidade. Destaque a eles que muitas delas foram desenhadas especialmente por ela, confeccionadas sob medida.

– Sim, senhor. Irei avisá-los.

– Diga também que exijo essa informação em todos os jornais de Buenos Aires, principalmente nos digitais. Quero que todos saibam como respeito Dalila, mas estou pronto, finalmente, para recomeçar, porque se ela estivesse viva, esse certamente seria o desejo dela. – Como anunciado para Dalila, o empresário agia estrategicamente para que, por meio dos veículos de comunicação, ela soubesse tudo a seu respeito.

Do outro lado da linha, a secretária anotava todos os detalhes, preocupada. Não poderia esquecer-se de nada.

– Ah! Tereza! – Ele apoiou os braços sobre a escrivaninha, em cima do jornal *Correio Parisiense*. – Também gostaria que chamasse Alicia na minha sala.

– Como quiser, senhor.

– Obrigado!

Aimon desligou o telefone e aproveitou do tempo de espera para folhear o jornal que acabava de receber. Fora enviado por Beatriz, diretamente de Paris. Junto ao exemplar, um pequeno bilhete de sua cunhada o avisava de que Ramon e o filho estavam muito bem. Além disso, desejava-lhe felicidades e pedia para que se atentasse ao caderno de cultura do jornal. Foi para essas páginas que ele se dirigiu. A foto dela com a criança era capa do caderno daquela edição. Conquistara o posto por exibir um artístico jogo de cores unido à beleza da inocência, do amor incondicional entre mãe e filho e da diferença cultural entre a burca e o jeans surrado. Uma imagem que valia por mil palavras. Atentara-se, inclusive, para o editorial que anunciava o nome do novo editor-chefe do caderno: Adrien Thierry. Ele havia conquistado o cargo com a incrível fotografia de Beatriz e Stéfano! O jornalista havia engenhosamente protegido as identidades dos fotografados com luminosidade e sombra, além de mudar a perspectiva da foto.

O empresário deu uma palmada de realização sobre o jornal, emocionado com a conquista do amigo e com as boas novas enviadas por Beatriz. No mesmo segundo, ouviu algumas batidas em sua porta.

– Entre! – exclamou, fechando o jornal.

A secretária, de cabelos grisalhos e repuxados para trás em um belo coque, abriu a porta mostrando-lhe Alicia. Era a primeira vez que o casal se via depois da viagem, pois Aimon retornara hoje para a empresa. Tinha se dedicado todos esses dias para encaixotar os pertences de Dalila para doação e se mudar a uma nova casa.

– Pode fechar a porta, Tereza, e só me procure novamente quando Alicia sair daqui.

– Como quiser, senhor.

Aimon se levantou atrás de sua mesa e estendeu os braços para a estilista, oferecendo um aperto de mão. Quando se tocaram, mesmo sendo por meio de um gesto apático, ela sentiu uma corrente magnética infiltrando suas veias e abraçando seu coração. Foi uma recaída imediata. De nada adiantaram as longas reflexões a respeito de seu próprio comportamento. Além de que, xingou-se por dentro. O cumprimento frio demostrara, claramente, a decisão irredutível do empresário de mantê-la longe de sua vida. Devia ter encaminhado o seu pedido de demissão para a secretária antes mesmo da volta dele, como havia hesitado fazer tantas vezes.

Agora, ela teve certeza, de que ele a demitiria. Agiria primeiro, de forma a humilhá-la outra vez. Maldição!

– Sente-se, por favor. – Ele indicou a cadeira à sua frente, apontando-a com a mão aberta. A manga de sua camisa azul claro descia elegantemente sob o terno preto, na altura do punho.

Alicia não queria olhar nos olhos de Aimon. Procurava por qualquer outro ponto de visão que a trouxesse mais segurança. Buscou a paisagem que se exibia atrás dele, dos prédios de Buenos Aires, visto de cima – estavam no 23° andar da Gonzalez Vesti, o maior arranha-céu da capital. Aimon notou a inquietude da mulher em sua sala e respeitou.

– Vi que você já desenhou para a nossa nova coleção. Eu ainda não tive tempo para olhar todos os *croquis*, mas consegui ver Rabat neles. – Ele girava uma caneta nas mãos, descontando sua inquietude também.

– Busquei pelos tons pastéis daquele lugar, bem propício para a próxima coleção que será outono-inverno. Em algumas peças, usei o desenho das folhas de palmeiras, mas aquareladas, para que a indefinição da imagem traga um acabamento refinado ao modelo. O jogo de cores trazido na coleção, assim como os desenhos geométricos e florais foram inspirados nas mandalas, com intuito de dar mais vida ao inverno escuro. – Alicia cruzou as pernas sob a mesa e apoiou as mãos nos joelhos. Questionou-se como estava sendo capaz de trazer aqueles detalhes a respeito de seu trabalho sem nem ao menos gaguejar diante do homem da sua vida. – Solicitei à equipe de fotografia para combinar esses *looks* com sapatos *babouches*, típicos de Marrocos. Poderíamos lançá-los no mercado. Apenas sugiro fabricá-los com um pouco mais de cor, para darmos um toque especial, recriando-os à nossa maneira. Há uma grande chance de o tornamos tendência se aliarmos seu uso com a notícia de que o senhor tem passado alguns dias em Rabat. Muitas grifes comprariam a ideia se ela vem da Gonzalez Vesti.

– Parabéns, Alicia! Você realizou um trabalho bastante glamoroso! E ainda me trouxe uma ideia incrível e diferente com os *babouches*... Parece-me bem interessante. – Ele soltou a caneta e uniu as mãos em cima da mesa, arqueando o corpo um pouco para frente. – Nunca trabalhamos com sapatos antes, mas vou pedir ao Nicolás, do departamento de pesquisa de mercado, para verificar se há campo para isso.

– Agradeço pelo reconhecimento, senhor. Felizmente eu consegui extrair ao menos uma coisa boa daquela viagem, uma bela coleção. – A resposta foi ácida e dita sem travas. Em fração de segundos, sua mente já a cobrava pela provocação. Não havia planejado ser forte?

Aimon se encostou na cadeira e colocou a mão no queixo sentindo a bala de fusível que o acertara. A estilista estava ferida, e nem deveria cobrá-la por isso. Então, apenas pigarreou antes de prosseguir:

– Fez uma boa viagem de retorno?

– Não acha que essa pergunta é um pouco íntima para pessoas que só se cumprimentam com um aperto de mão, senhor?

Outra apunhalada. Dessa vez ele sentiu ser perfurado por uma esgrima, com bastaste classe e eficiência.

– Claro – respondeu entre uma longa suspirada. – Estamos aqui para falar de negócios, apenas. – Ele puxou a cadeira para mais perto da mesa e inclinou-se um pouco para frente novamente. – Nesse sentido, senhorita Alicia, eu a chamei aqui a fim de esclarecer que, apesar de tudo, somos todos gratos à senhorita pelos seus anos de dedicação à Gonzalez Vesti, pelo amor que tem demonstrado a esse lugar e por tê-lo feito alavancar no mercado. E, então, quero entregar isto a você. – Abriu uma de suas gavetas e fisgou um envelope pardo com o nome da grife timbrado nele.

Ela estendeu o braço para pegá-lo, certa de que recebia a sua carta de demissão. Xingou-se e se cobrou de novo por não ter abandonado a Gonzalez Vesti antes de ser expulsa dali. Olhou para o envelope, hesitando abri-lo. Fitou o empresário à sua frente para estudar a reação dele, mas Aimon abaixou o olhar sem deixar pistas. Só tinha um caminho para ela, portanto, abri-lo. Ainda assim, o fez lentamente, puxando a folha de dentro. Quando o cabeçalho apareceu, parou, extremamente decepcionada. O título "Carta de Promoção" cavoucou agressivamente a boca de seu estômago. Ela jogou o envelope semiaberto sobre a mesa bruscamente, arrastando sua cadeira para trás e se levantando transtornada:

– O que quero é a minha demissão, senhor Aimon! – Tamanha era sua indignação que ela deu o ultimato com os dentes cerrados, quase se esquecendo de usar o pronome de tratamento antes do nome dele.

– Sente-se, por favor. – O empresário não perdeu a compostura. Manteve-se tranquilo, indicando a cadeira dela.

Alicia já não sabia até quando suportaria tratar tudo aquilo como assunto de negócios, apenas.

– Poderia, ao menos, verificar com atenção a nossa proposta? É interessante...

Ela arqueou uma única sobrancelha e cruzou os braços, com os punhos fechados:

– Não quero proposta alguma! Eu só estava esperando o seu retorno para pedir a minha demissão formalmente. Estou aproveitando esta oportunidade. – Soltou os braços para chacoalhar o dedo indicador para ele. – Providencie tudo o mais rápido possível, por gentileza.

Alicia deu as costas para ele seguindo em direção à saída. Era ousadia demais! O raciocínio dele era tão lógico assim? Tudo se resolve com uma boa promoção? Que homem ridículo!

Aimon se levantou correndo da cadeira para alcançá-la antes que saísse de sua sala. "Que mulher agitada!", pensou. Espalmou rapidamente uma das mãos na porta, impedindo que ela virasse a maçaneta. O barulho, de tão forte, estrondou pelo corredor, chegando aos ouvidos da secretária.

– Deixe-me passar, senhor. – A estilista usou das últimas gotas de bom senso e educação que restavam.

– Calma! – ele disse serenamente, querendo influenciá-la com sua paciência.

– Você está me pedindo calma? – A voz saiu bem mais alta do que ela planejara. De tão próximos um do outro, Aimon até fechou os olhos acalmando seus tímpanos, com os ombros puxados para cima.

Como era de se imaginar, com todo o teatro, a secretária bateu na porta, cuidadosa:

– Senhor? Está tudo bem? Precisa de algo?

A pacificidade e a polidez da mulher do outro lado, ao invés de acalmá-lo, irritou-o. Inevitavelmente, a resposta foi um berro por trás da porta:

– Eu não disse para aparecer aqui só depois que Alicia saísse?

– Ah! Sim, senhor! Desculp...

Antes mesmo que a secretária terminasse a frase e se afastasse, Alicia já estava gritando novamente enfurecida:

– Você quer curar a minha dor com uma porcaria de promoção? O que você está pensando de mim? Não sou nenhum objeto à venda na feira, Aimon!

– Não, não, claro que não! Acalme-se, por favor. – O empresário sentia perder o controle da situação e começava a se preocupar com isso. –

Vamos voltar à minha mesa e conversarmos melhor. Como duas pessoas civilizadas, por favor!

Os olhos de Alicia estavam enfurecidos, semicerrados. Os lábios, pressionados:

– Se você não abrir essa porta agora, eu vou gritar para todo mundo ouvir!

– Que isso, Alicia? – Aimon estufou o peito, estranhando a reação dela. Estava totalmente desiquilibrada pela ira.

– Eu estou cansada das historinhas de *Aimon Gonzalez,* entendeu? Um, dois... – Ela começou a contar o tempo como uma mãe raivosa para o filho. Era uma ameaça!

Por precaução, o empresário soltou a porta. Não para abri-la, mas para saltar atrás de Alicia, tampando a sua boca. O que a enfureceu ainda mais, claro! Resmungava e chacoalhava o corpo inutilmente.

Aimon não se conteve e soltou a risada. Cada gargalhada era uma faísca a mais incendiando a raiva da estilista. Ela estava prestes a morder as mãos de seu adversário quando ele anunciou, entre risos:

– Pare com isso, sua boba! A carta é um pedido de casamento!

Ele sentiu o corpo dela rígido em seus braços, como se a pilha de um brinquedo alvoroçado tivesse acabado. Nem o dedo mindinho dos pés se mexia – o que, também, não seria algo fácil de fazer.

Certificando-se de que a calma estava de volta, ele decidiu soltá-la e retornar à frente do corpo dela. Alicia estava com os olhos arregalados, sentindo a miscelânea de sensações que tentava se organizar dentro dela. Ele agora mordia os lábios, sorrindo, esperando ansioso por uma reação positiva. Mas ela continuava estática.

Aimon correu em direção à mesa, pegou o envelope e retirou a carta de dentro dele. Voltou diante de Alicia e começou a ler seu conteúdo em voz alta:

– Buenos Aires, 18 de setembro de 2012. Por meio deste, comunicamos à senhorita Alicia Maltez que, a partir de 2013, sob data de sua escolha, será promovida à esposa de Aimon Gonzalez, passando a assinar como Alicia Maltez Gonzalez e recebendo, como remuneração, amor, respeito, cumplicidade, fidelidade e felicidade. Receba nossos cumprimentos por sua conquista. A Gonzalez Vesti aproveita desta oportunidade para aconselhá-la a continuar a ser esta mulher de valor, persistente, carinhosa, dedicada e deslumbrantemente bela. Atenciosamente, Aimon Gonzalez.

Alicia relaxou os ombros, rendendo-se àquele pedido. Depois, colocou as mãos no rosto tampando a boca e o nariz, surpresa. Soltou um gemido e, em seguida, pôs-se a chorar, entre soluços.

O homem apaixonado abraçou-a, rindo novamente com a reação dela. A carta ainda estava em suas mãos quando ele perguntou:

– Toda essa emoção é um "sim"? Você aceita se casar comigo, Alicia Maltez?

Ela se afastou dos braços dele, enxugando as lágrimas. Antes de entregar sua resposta, precisava saber:

– Você tem certeza de que está pronto para esse passo? – Embora temesse que a pergunta o fizesse desistir, ela foi firme em questionar. Não queria sofrer nunca mais.

– Absoluta! – O sorriso não abandonava os lábios dele. Envolvido àquele momento, enxugou as lágrimas dela enquanto se declarava. – Você é o que eu quero para a minha vida toda, querida! É a minha segunda chance, minha nova estrada.

– Mas... e o passado? Como terei certeza de que...

Antes que ela terminasse, ele esclareceu, com o cuidado de não citar o nome de Dalila:

– Estou entregando para doação todos os pertences dela. Ted e eu aguardamos ansiosos você em nossa nova casa. É uma página em branco esperando seu lápis para desenhar nossa nova história.

Ela não precisava de nenhuma outra prova para acreditar que ele havia dado nó nas velhas pontas soltas. Sabe-se lá porque, Rabat havia o transformado e trazido calmaria depois de toda tempestade.

– É claro que eu aceito me casar com você! Se desistisse de meu prêmio, a árdua batalha não teria valido a pena.

Aimon a agarrou com ternura, tirando os pés dela do chão, girando-a dentro de seu escritório. O riso dos dois era ouvido por todo o corredor. Ele erguia o seu troféu, porque também fora premiado depois de toda luta. Carregava em seus braços uma pedra preciosa, a engrenagem que a vida encaixara em seu coração para que ele continuasse batendo. Era a prova de que nunca estamos sozinhos na dor, porque quando pensamos viver o fim, o destro escritor se encarrega de grafar: "e depois disso...".

Fim

Grupo
Editorial
LETRAMENTO